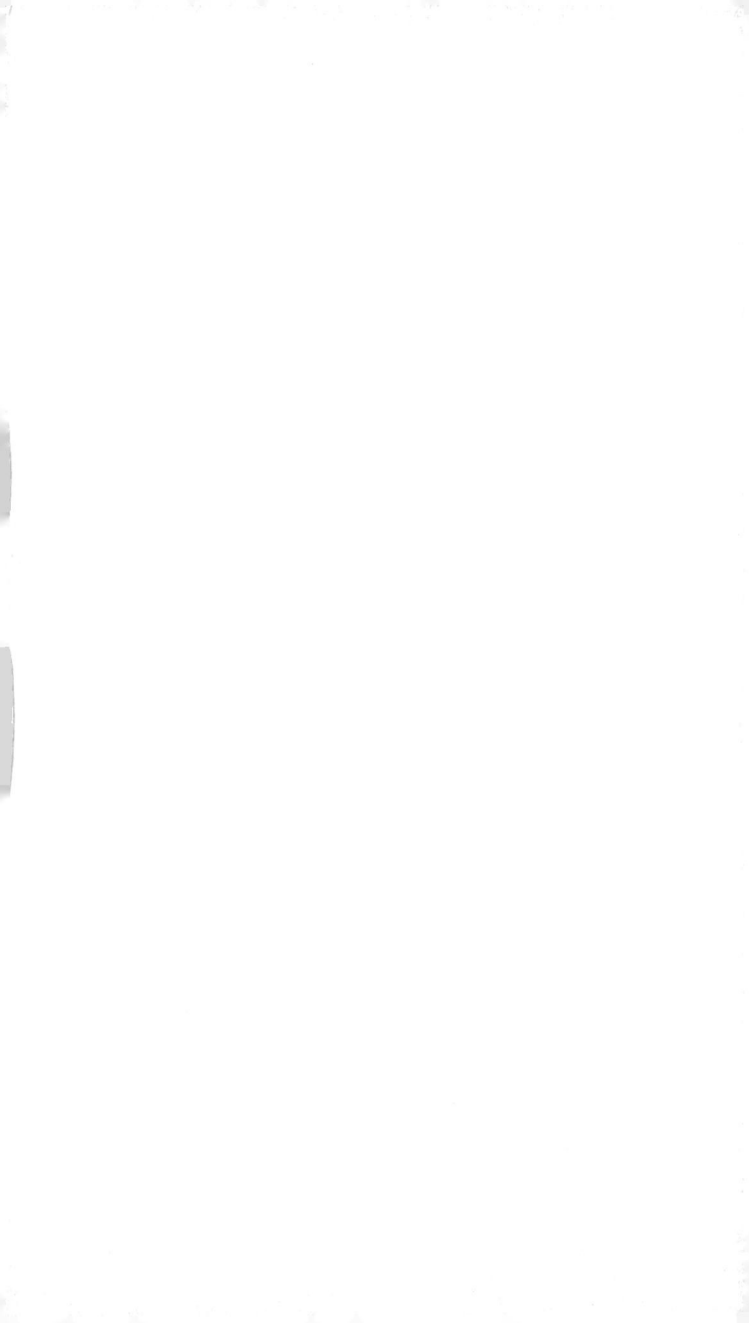

トラベル・ミステリー

NON NOVEL

祥伝社

西《にし》村《むら》京《きょう》太《た》郎《ろう》

十津川警部捜査行
カシオペアスイートの客《きゃく》

目次

カバー装幀　かとうみつひこ
カバー写真　マシマ・レイルウェイ・ピクチャーズ

カシオペアスイートの客

1

内山清志《うちやまきよし》は、警視庁捜査一課を定年退職した後、一つの計画を立てていた。それは、長年、苦労をかけてきた妻の貴子《たかこ》に対する、ささやかな恩返しだった。

一人息子の大志《だいし》は、内山と同じ刑事にはならず、銀行に勤め、結婚し、今は子供も生まれている。

刑事としての仕事は、きつかったが、とにかく、一人息子は、順調に育って社会人になり、もう内山の手を、煩《わずら》わすことはなくなった。

あとは、妻の貴子のことである。

貴子は、若い頃から、旅行が好きだったが、夫の勤務時間が不規則だったため、新婚の頃から二人で旅行したことはほとんどなかった。そこで、定年退職したことを機に、北海道の札幌《さっぽろ》まで、貴子と二人で旅行する計画を立てたのである。

札幌には、貴子の姉である悦子《えつこ》夫婦がいて、ジンギスカン料理の店を経営している。内山は、そこを訪ねることにした。

それに、貴子は、札幌に行く時には、行きは寝台列車に乗りたいといっていたので、内山は、人気のある「カシオペア」の切符を手配することにした。

内山は思い切って、「カシオペア」の中でも、最上級の個室といわれている「カシオペアスイート展望室タイプ」にした。正確には「カシオペアスイート　展望室タイプ」にした。上野《うえの》発札幌行きの「カシオペア」は、日本では珍しく、最初から、寝台列車として作られた車両であり、全室個室寝台で、個室の定員は二名である。

中でも、下りの場合には最後尾になる1号車に、一つしかないという「カシオペアスイート　展望室タイプ」は、窓が三方向に開いていて、周囲の景色を楽しむことができる。

一列車に一つしかない貴重な個室だから、誰もが欲しがる、俗にいうプラチナチケットである。内山が、いくら努力をしても、とうとう手に入れることができなかった。かろうじて手に入れたのは、その一つ下の「カシオペアスイート　メゾネットタイプ」で、それは2号車にあった。

それでも、貴子は、嬉《うれ》しそうだった。内山本人も、すでに還暦を過ぎているのに、何となく、はしゃぐような気持ちになって、妻と二人、上野駅に向かった。

内山たちが上野駅の13番線ホームに入っていくと、すでに「カシオペア」は、入線していた。

東京駅から西に行く、多くの寝台列車はブルートレインと呼ばれていて、今は、ほとんどが廃止になってしまっていた。そのブルートレインに比べると、13番線ホームに入っている「カシオペア」は、シルバーのステンレス製で、いかにも、格好《かっこう》がいい。

二人は、2号車の「カシオペアスイート　メゾネットタイプ」の部屋に入った。一階が寝室で、ベッドが置かれ、二階が居間になっている。上下を繋《つな》ぐのは、螺旋《らせん》階段である。

「可愛《かわい》らしい階段ね」

と、いって、そんなことも、貴子は、嬉しそうだった。

二人は二階に行き、向かい合って腰を下ろした。位置が高いので、13番線ホームを見下ろすような形になる。

上野発は一六時二〇分である。それまでには、まだ三十分近い時間があった。

「カシオペア」が誕生してから、すでに十年近くが経《た》っているが、いまだに人気があって、ホームでは、「カシオペア」をバックに、盛んに写真を撮《と》っている鉄道マニアや、家族連れたちがいた。

五月二十日、一六時二〇分、内山夫妻を乗せた寝台特急「カシオペア」が、上野駅を出発した。

まだ窓の外は明るい。

「これが、だんだん、周辺が暗くなっていって、窓の外のマンションや家などに、明かりがついてくる。僕は昔から、そういうのを見るのが好きなんだ」

と、いいながら、内山は、少し感傷的になっていた。

貴子のほうは、

「私が素敵だなと思ったのは、部屋の中に、洗面台とトイレとシャワーがついていることなの。いちいちトイレに行くのに、通路に出て歩かなくてはいけないのは大変だから、助かるわ」

と、いう。

たしかに、その点だけでも、この「カシオペア」は、いかにも寝台特急らしかった。昔、西に行く、いわゆるブルートレインでは、最上級の個室でもトイレはついていなかったので、用を足《た》すためには、いちいち通路に出て歩かなければならなかった。

この「カシオペア」は、全ての個室の中に、トイレと洗面台が、ついているのである。

「これが、本当の寝台列車というものなんだろうね」

内山が、もっともらしく、いった。

宇都宮《うつのみや》を出てしばらくしたところで、二人は、夕食をとるために部屋を出て、3号車のダイニング・カーに向かった。「カシオペア」では、夕食は三回に分けてとることになっていて、内山が予約したのは、その二回目だった。

二回目の時間は、十八時三十分から十九時五十分までである。こんなことにも、貴子は、はしゃいで、

「そうか、この列車には、食堂車がついているんだったわね。わざわざ駅弁を買わなくていいのね」

と、いって、笑っている。

たしかに、最近は、ほとんどの列車で、食堂車が廃止されてしまっている。

「カシオペア」の夕食は、フランス料理と懐石料理である。内山夫妻は、席に着いてからフランス料理を頼んだが、ダイニング・カーはほとんど満席で、二十五、六歳の青年と、同じ席になった。

ディナー・タイムが終わると、今度は、パブ・タイムになる。こちらは、予約制ではないので、勝手に行ってアルコールを楽しむことができる。

貴子は、

「お酒を飲みに行きましょうよ」

と、内山を誘った。

息子が結婚した後、二人だけで、車で外出することもあるが、二人とも酒好きなのに、一緒に飲むことができない。片方が運転しなければならないからである。

「今日は、ここに泊まるんだから、酔っ払っても大丈夫ね」

と、貴子が、いう。

二人で、ダイニング・カーに、もう一度出かけた。予約制ではないが、それでも、かなりの乗客が、集まっていた。乗客も、夜行列車の夜を楽しみたいのだ。

用意されているのは、ビール、ワイン、日本酒、ウイスキーなど、種類は豊富である。内山はビールを頼み、貴子はワインを注文した。

その途中で、内山が、急に、

「向こうの席に行こう」

と、いって、立ち上がった。

内山が、貴子を誘って移った席には、夕食の時に一緒だった青年がいた。

背の高い若い男で、一人で、ビールを飲んでいた。

「夕食の時もご一緒でしたね？」

と、内山が、声をかけた。

青年が、微笑する。

「ええ、そうでしたね」

「失礼ですが、一つ、お願いしたいことがあるんですよ」

内山が、青年に向かって、いった。

相手は、黙って聞いている。

「私は、サラリーマンだったんですが、先日、定年退職しましてね。それで、家内と一緒に『カシオペア』の旅を楽しんでいるんですが、実は、1号車の『カシオペアスイート　展望室タイプ』の切符が欲しかったんです。どうしても手に入らなくて、2号車の個室を予約したんですよ。上野駅でちらっと見たのですが、あなたはたしか、あの展望室タイプの個室に入っていらっしゃいましたよね？」

「ええ、そうですが」

「ぜひ、どんな部屋なのか、ちょっとだけでもいいのですが、見せていただけませんかね？」

と、内山が、頼んだ。

貴子が、慌《あわ》てて、

「あなた、そんな失礼ことは、よしなさいよ。こちらだって、ご迷惑よ」

「いや、構いませんよ」

と、青年が、あっさりと、いった。

青年の案内で、内山夫妻は、ダイニング・カーのある、3号車を出ると、1号車に向かった。

「カシオペア」は、1号車から12号車まで、全車両片側通路なので、その幅だけ、各個室が狭くなっている。

ただ、最後尾の「カシオペアスイート　展望室タイプ」は、通路が必要ないので、広くなっている。

通路の突き当たりが、「カシオペアスイート　展望室タイプ」のドアになっているのだ。

中に入った途端に、貴子が、

「わー、広いわ」

と、声をあげた。

たしかに、内山が取った「カシオペアスイート　メゾネットタイプ」も広いが、それでも、通路の幅だけ狭くなっている。

ところが、こちらのほうは、部屋全体が広々としていて、ベッドが横向きに二つ並び、その向こうに、ソファのついた居間がある。三方に開いたパノラマウインドーには、白いカーテンが下がっていた。

「失礼ですが、お一人で、この部屋に入っていらっしゃるんですか？」

内山が、青年に、きいた。

「そうなんです。実は、僕は、ある出版社の人間で、この『カシオペアスイート』の展望室タイプの個室を、取材してこいといわれましてね。それで一人で、札幌までをここで過ごすんですよ。寂しいですよ」

青年は、笑っている。

「もうそろそろ、失礼しましょうよ。ご迷惑だから」

貴子が、いい、内山が、礼をいって、2号車の自分たちの部屋に戻った。

内山たちのいる部屋は、1号車の展望室タイプの部屋に比べれば狭いが、それでも、シャワーがついている。

二人は、交互にシャワーを浴びた後、「カシオペア」のロゴマークがついた浴衣に着替えた。そのほかに「カシオペア」グッズも、置かれている。

貴子は、なかなか眠れないらしく、そんなグッズをいじって喜んでいた。

洗面台の鏡を開けると、そこに、二人用の歯ブラシセットが置かれてあった。それで、内山は、歯を磨きながら、

「さっきの青年だがね、君は、どう思ったかな？」

と、貴子に、声をかけた。

「優しそうな人だったじゃありませんか？　普通だったら、部屋を見せてくれといったら、断わられますよ」

「実は、彼を、以前に、どこかで見たような気がするんだ」

と、内山は、いってから、歯磨きを続けた。

口をゆすいでから振り返って、

「ずっと考えているんだが、どうしても思い出せないんだよ」

「まさか、あなたがまだ刑事だった頃、捕まえた犯人の一人だなんて、いうんじゃないでしょうね？」

と、貴子が、いう。

「もちろんそれなら、簡単に思い出すよ」

と、内山が、いった。

久しぶりの夫婦での夜行列車の旅なので、なかなか寝つかれず、二人は二階の椅子《いす》に腰を下ろして、窓の外の夜景を、眺めていた。

すでに、どっぷりと夜が深くなって、いかにも夜行列車という感じがする。

仙台《せんだい》、一《いち》ノ関《せき》と停まって、盛岡《もりおか》に、二三時一四分に着いた。

ホームには、もちろんほとんど人の姿はない。四分経って、二三時一八分に盛岡を出発した。

車内放送があって、これから明日の午前五時〇一分に、函館《はこだて》に着くまで、乗客の乗り降りがない旨《むね》を告げた。

ただ、この列車は、午前三時半頃、青函《せいかん》トンネルを、抜けるので、その時間、ラウンジ・カーに来てもらえれば、車掌が、青函トンネルについて説明す

るという案内もあった。

以前は青函トンネルを抜ける時に、乗客の人がたくさん、ラウンジ・カーに集まってきて、車掌の説明を聞いたらしいが、最近は、その時間に、ラウンジ・カーに集まる人は少なくて、少しばかり寂しいと、乗ってすぐ、車掌がいうのを、聞いたことを、内山は、思い出していた。

「どうするね？」

内山が、貴子に、きいた。

「青函トンネルを抜ける時に、ラウンジ・カーに行ってみるかね？」

「ええ、せっかくですから、ラウンジ・カーにも、行ってみたいわ」

と、貴子が、いった。

午前三時を過ぎてから、二人は、一番端の12号車まで、歩いていった。

ラウンジ・カーの入口には、自動販売機がある。そこで、缶コーヒーを買って、ラウンジ・カーに入っていった。

車掌は、最近、青函トンネルに、興味を持つ乗客が少なくなったといっていたが、それでも、五、六人の乗客が、集まっていた。

車掌が、内山夫妻を入れて七、八人の乗客に向かって、簡単に、青函トンネルの説明をした。

その直後、轟音《ごうおん》を立てて、「カシオペア」が、青函トンネルに入った。

あとは、轟音の連続である。青函トンネル自体は、素晴らしいものだが、トンネルはトンネルで、窓の外に見えるのは、壁が続くだけである。その壁には、等間隔で、明かりがついている。明かりの帯の中を、「カシオペア」が突進する。

途中で、突然、窓の外が、明るくなった。

海底駅である。

海底駅は、青森側と函館側の二カ所に設けられている。二番目の海底駅を通過するとともに、「カシオペア」は、トンネルを抜けて北海道に入った。

貴子が、何かいっているが、音が激しいので聞こえない。

貴子が、声を大きくした。

「さっきの青年ですけど、ここには、来ていませんね」

と、貴子が、いう。

「そうだな。いなかったね」

そういいながら、二人は、ラウンジ・カーを出た。

興奮して、まだ眠れそうもないが、終点の札幌に着くまで、少しは眠っておこうと、内山は思った。これから姉夫婦に会うのだ。

通路を歩いて、2号車の自分たちの部屋に戻った。

貴子のほうは、話の続きで、

「どうして、あの青年、ラウンジ・カーに、来なかったんでしょうか？　確か、取材で、この『カシオペア』に乗っているんだといっていたのに」

「たぶん、彼は、今までに何度も青函トンネルを、抜けているんだと思うね。だから、もう見ても仕方がないと思って、あの展望室タイプの部屋で、眠ってしまっているのだろう」

「でも、自分は出版社の人間で、この『カシオペア』には、取材で、乗ったといってましたよ。それなら、青函トンネルを通過するところも、ちゃんと、取材しなければいけないんじゃないかしら」

「まあ、そうだが、疲れて眠ってしまったんだよ。われわれも、そろそろ、眠ろうじゃないか」

と、内山が、いった。

2

午前五時〇一分、函館着。

五時〇七分、函館発。

二人とも、三時間ばかりしか眠っていなかったが、それでも、函館に着くと、自然に、目が覚めてしまった。

ダイニング・カーでの朝食は、午前六時三十分から八時三十分までである。

二人は、着がえを、済ませてから、朝食をとるために3号車に、出かけた。

朝食は、洋食と和食とがある。どちらも千六百円と安い。貴子が、和食にするといったので、内山も和食にした。

すでに、完全に夜が明けていて、窓の外には、内《うち》浦《うら》湾が見えた。

箸《はし》を動かしながら、貴子が、また、

「あの青年、いませんね」

と、いう。

「まだ寝てるか、面倒くさいので、部屋でお弁当でも、食べているんじゃないのかな？　あの展望室は特別で、朝になると、コーヒーと新聞を持ってきてくれると聞いたことがある。おそらく、コーヒーを飲みながら、ゆっくり新聞でも、読んでいるんだろう」

と、内山が、いった。

午前九時三二分、終点の札幌着。

ホームには、貴子の姉夫婦が、迎えに来てくれていた。

内山は、もちろん、姉夫婦とは顔見知りである。仕事柄、あまり、親しく会ったりはしていなかったが、それでも、お中元やお歳暮には、北海道の名産を、送ってくれたりしていた。

「どうでした？『カシオペア』の乗り心地は」

と、貴子の姉の、悦子が、内山にきく。

「久しぶりに、寝台列車らしい寝台列車に乗ったんで、ベッドが、ちゃんとあるのに、興奮して、ほとんど、眠れませんでしたよ」

と、いって、内山が、笑った。

その目は、自然に、今乗ってきたばかりの「カシオペア」に向けられている。1号車の窓には、相変わらず白いカーテンが、かかっている。

「私もね、一度でいいから、この『カシオペア』の1号車の、展望室タイプの個室に、乗りたいと思っているんだけど、なかなか、切符が取れなくて」

と、姉が、貴子に、話している。

「実は、私たちも、取れなかったんだけど、その部屋の人と、たまたま食堂車で同じ席になったので、強引にお願いをして、中を見せてもらったのよ」

「外に車を待たしているので」

義兄が、いった時、突然、「カシオペア」の車内から、叫び声が聞こえた。

1号車から車掌が飛び出してくる。その顔が、蒼《あお》かった。

内山は、つい刑事の頃の癖が出て、車掌に向かって、

「どうしたんですか？　何か事件があったんですか？」

と、声をかけた。

「1号車で、人が死んでいるんですよ」

早口でいって、車掌は、ホームの事務室に向かって、走っていった。

「1号車で、人が死んでいると、今、車掌は、そういったな？」

つい、内山の声が、大きくなってしまう。

「あなた、もう刑事じゃないんですよ。余計なことには、首を突っ込まないでくださいね」

と、クギを刺すように、貴子が、いった。

それでも、内山は、ホームから、動けなくなってしまった。何としてでも、どんな事件が起こったのかを、知りたいのだ。

内山は、我慢しきれなくなって、姉夫妻に、

「ちょっと待っていてください」

と、いい残して、車両の中に、入っていった。

1号車の展望室タイプの個室の前に、もう一人の車掌が蒼ざめた顔で、立っていた。

「事件があったんですね？」

内山が、声をかけると、車掌が、

「あなたは？」

と、きく。

「今日は非番ですが、実は、警視庁の捜査一課の人間です」

と、内山は、ウソをついた。

「刑事さんですか？」

と、車掌は、あっさりと、内山を信用して、

「この中で、人が死んでいるんです」

と、いう。

「見せてもらえませんか？　死んでいるのは、この部屋の乗客ですか？」

「そうじゃないみたいで」

と、いいながら、車掌は、ドアを開けてくれた。

内山が、中に入った。

ベッドが横向きに、二つ並んでいる。そのベッドと、ベッドの間の狭い空間に、若い二十四、五歳の女性が倒れていた。背中に刺し傷が二つあって、ブランド物と思われる白いドレスが、血で、赤く染《そ》まっている。

（あの青年では、なかった）

と、内山が思っているところに、助役と駅員が、飛び込んできた。

助役は、興奮したような眼で、内山を見ると、

「あなたは？」

内山の代わりに、車掌が、

「非番なので、たまたま、この列車に乗ってこられた警視庁の刑事さんだそうです」

「そうですか、東京の刑事さんですか。しかし、非番では、タッチできませんね」

と、助役は、いい、駅員に向かって、

「すぐ警察を呼んでくれ！」

と、怒鳴った。

内山は、助役にいわれたように、おとなしくホームに降りていった。

「あの個室で、人が死んでいるんですか？」

と、貴子が、きく。

「そうなんだ。二つ並んだベッドの隙間《すきま》に、女性が、倒れて死んでいた。明らかに、殺人だよ」

「それじゃあ、あの青年が殺されたんじゃないんですね？」

「そうだが、ひょっとすると、あの青年が犯人かもしれない」

「そんなこと、私には、信じられませんよ」

「だが、そういう状況なんだ」

と、内山が、いった。

「どうするの？」

悦子が、きいた。

「カシオペア」に乗ってきた乗客たちは、いったん、ホームに降りたものの、車内で何か事件があったらしいというので、留《とど》まってしまっている。

貴子が、内山の腕を押さえて、

「いっておきますけど、あなたは、もう、刑事じゃないんですからね。首を突っ込んだりすると、邪魔になるだけですよ」

それでも、内山は、これから、どうなるのかを知りたかった。

（やっぱり、おれはまだ、刑事根性が抜けていない

んだ）

と、思いながらである。

「それじゃあ、私たちだけで、駅の中の喫茶店でお茶でも飲みながら、待っていることにしますよ」

悦子が、内山に向かって、いってくれた。

三人が、改札口を抜けて出ていく。それと入れ替わるように、警官が数人、ホームに入ってきた。

札幌駅の鉄道警察隊だろう。一緒に、救急隊員もやって来たが、1号車の展望室タイプの個室で刺された女性が、死亡しているのを確認すると、引き揚《あ》げてしまった。

代わりに今度は、パトカーのサイレンの音が聞こえて、北海道警の、刑事たちが、鑑識を連れてやって来た。

その中に、内山の知っている顔があった。東京で殺人を犯した犯人が、札幌に逃げていったことがあって、その時に、捜査を手伝ってくれた、北海道警の池谷《いけたに》という警部である。

池谷のほうも、内山の顔を、覚えていたらしく、

「内山さんじゃないですか。どうしたんですか？　この列車に、乗っておられたんですか？」

「そうなんです。たまたま家内と二人で、札幌に旅行しようということに、なりましてね」

「内山さん、確か、定年になられたんじゃありませんか？」

「とうとう、定年になってしまいました。それで、女房孝行をしようと、思いましてね。この『カシオペア』に乗ってきたんですが、殺人事件が起きたみたいなんですよ」

内山が、いうと、池谷は、

「やっぱり、気になりますか？」

「ええ、なりますね。それで困っているんですよ」

「それなら、一緒に車内に入りましょう」

池谷が、いってくれた。

池谷が連れてきた刑事たちとも、内山は、同じ時に知り合いになっている。それで、池谷と一緒に、1号車の展望室タイプの個室を覗《のぞ》いても、何もいわなかった。

鑑識が、部屋の中の写真を撮《と》り、指紋を採取している。検視官が屈《かが》み込んで、遺体を調べていたが、池谷に向かって、

「死亡推定時刻は、今日の午前三時から四時の間だと思いますね。おそらく、背中から鋭利な刃物で、数回刺されているから、それが、致命傷になったんでしょう」

死体は、ベッドとベッドの隙間から引き出され、仰向《あおむ》けにされた。死後硬直が、すでに始まっている。

なかなかの美人である。ブランド物の洋服を身につけ、指には、エメラルドの大きな宝石が光っている。

「この被害者は、この個室の乗客ですか？」

池谷が、車掌に、きいた。

「いいえ、違います。この展望室のお客さんは、男の人でした」

と、車掌が、いった。

「そうすると、この女性は、ほかの部屋の乗客ですか？」

「そうだと思いますが」

「この部屋の乗客は、二十五、六歳の青年ですよ」

と、内山が、横から口を挟んだ。

「内山さんは、この列車に乗ってきたと、いっていましたね」

「ええ、家内と一緒に乗っていました。隣りの2号車です」

「どうして、この部屋の乗客が、二十五、六歳の男性だと知っているんですか？」

「夕食の時に、ダイニング・カーで、この部屋の乗

客だという男と、たまたま同じ席になりましてね。この贅沢《ぜいたく》な展望室タイプの『カシオペアスイート』に、一人で乗っているといっていましたよ。彼は、自分は出版社で働いていて、取材のために、1号車の、この展望室タイプの個室に乗っている。だから、一人なんだと、いって、笑っていましたね」

「一人でも、この部屋を、占領できるのですか？」

池谷が、車掌に、きいた。

「もちろん、二人分の料金を払っていただければ、一人で乗られても結構です。この『カシオペア』は、全ての部屋が個室の寝台で、元々は二人用になっているのですが、最近は、一人旅の若者や女性が多くなったこともあって、一人で、ご使用になられるお客さんも、増えています」

と、車掌が、いった。

「その青年ですが、どうしたんですかね？　騒ぎに、巻き込まれたくないんで、どこかへ逃げたのかな？」

池谷が、いった。

「札幌に着いた時には、もう、乗っていませんでしたね」

と、内山が、いった。

「間違いありませんか？」

「私は、ホームに降りてから、このスイート・ルームのことが、気になったので、すぐ、眼をやったんですが、あの青年は、降りて来ませんでした。途中で、降りたのじゃありませんか？　例《たと》えば、函館とかで」

「これから、札幌警察署に、内山さんも来ていただけませんか？　青年の似顔絵を、作りたいので」

池谷が、いうと、内山は、

「今も、いったように、東京から家内と一緒に来ているので、断わってから、札幌警察署に伺《うかが》いますよ」

3

内山は、改札口を出ると、姉夫妻と妻の貴子が待っている、駅構内の喫茶ルームに行き、北海道警の池谷警部に、頼まれたことを、そのまま告げた。

「やっぱり、首を突っ込んでしまったんですね」

貴子が、呆《あき》れ顔で、いった。

「申し訳ないが、頼まれてしまったんでね。とにかく、あの青年と同じ『カシオペア』に乗ってきたということもある」

内山は何となく、いい訳してから、三人と別れて、池谷警部が待っている札幌警察署に、タクシーで向かった。

若い女性の死体は、司法解剖のために大学病院に運ばれたという。

捜査本部が設けられ、その中で、内山は、問題の青年の似顔絵作りに、協力した。

二時間近くかかって、似顔絵が出来上がった。

内山は、あの青年に対する自分の考えを、池谷警部に伝えた。

「身長は一七五、六センチ、体重は、おそらく六五キロくらいですかね。優しそうな感じの青年でしたよ。私と家内が、彼に、例の『カシオペアスイート展望室タイプ』の個室を見せてくれないかといったら、嫌な顔もしないで、どうぞといって、見せてくれましたからね」

「その時に、自分は出版社の人間で、『カシオペア』には、取材で乗っているんだといったんですね？」

「そうです」

「その話に納得されましたか？」

「私は何となく、納得しましたが、家内は、首を傾《かし》げていましたね」

「どうしてですか？」

「『カシオペア』は、午前三時過ぎに青函トンネルに入るのですが、興味のある人はラウンジ・カーに集まって、車掌から青函トンネルの説明を聞くんですよ。私と家内も、興味があったので、三時過ぎにラウンジ・カーに行ったら、五、六人の人がいましたね。しかし、出版社の人間だという青年はいなかったんです。家内は、取材で乗っているといったのに、どうして、肝心《かんじん》の青函トンネルの通過の時に、寝てしまったのだろうと、首を傾げたんです。北海道に入って函館を過ぎた辺《あた》りで、朝食の時間になって、3号車のダイニング・カーで、朝食をとることになっているのですが、青年は、現われませんでした。その時にも、家内は、どうして、取材に来ないのかと、不思議そうな顔をしていましたが、おそらくその頃には、函館で、降りてしまっていたのかもしれませんね」

と、内山は、いった。

青年の似顔絵が完成した後、内山は、コーヒーをふるまわれたが、その途中に、携帯を使って、古巣の警視庁捜査一課に電話をかけた。内山は、定年まで、管理職には就《つ》かず、一刑事として過ごしたが、それでも、退職の時には、警部補になっていた。

内山が電話をしたのは、十津川《とつがわ》警部である。刑事として、最後に扱った事件が、十津川班の、事件だったからである。

「内山です」

というと、十津川が、丁寧《ていねい》な口調で、

「お久しぶりです。どうです？　民間人になった感想は？」

「刑事時代の癖がなかなか抜けなくて、困っています」

「それはそうですよ。内山さんは、長年、刑事として活躍されてきたんですからね。それで、今日は、どうしました？」

「実は今、札幌に来ています」

「札幌は、内山さんの故郷でしたか？」

「違います。女房孝行をしようかと思って、寝台特急の『カシオペア』に乗って、札幌に着いたところ
なんですが、車内で殺人事件が、起こりましてね」

「そういえば、さっき、テレビのニュースでやって
いましたね」

「それで、こちらの、警察に協力しているのですが、担当が、以前に、捜査協力をお願いしたことのある、道警の池谷警部なんです」

「池谷さんなら、私も、よく覚えていますよ。それで、まさか内山さんが、殺人を目撃したわけじゃないでしょうね？」

「それはありません。殺されたのは、二十代の若い女性で、『カシオペア』に乗っていた乗客だと思うのですが、容疑者は、これも若い男で、実は、私と家内が、彼と、たまたま夕食の時に、同じテーブルになって、言葉を交《か》わしているんです。そんなこともあって似顔絵作りに協力しました」

「それで？」

「実は、容疑者の青年なんですが、どこかで見たことがあるような気がしているんですよ。それなのに、歳《とし》のせいか、最近は、物忘れがひどくて、どこで会ったのかが、どうしても、思い出せないんです。家内は会ったことがないといっていますから、たぶん捜査の時に会っているのではないか？　そんな気がしているんです。これから似顔絵を送りますから、見ていただけませんか？」

「いいですよ、送ってください。奥さんは、今、どうしているんですか？　そこにいるんですか？」

十津川が、きく。

「今、札幌に住んでいる姉夫妻と、一緒にいます」

「内山さん」

「はい」

「あなたはもう、民間人なんですよ。それに、奥さん孝行のために『カシオペア』に乗ったんでしょう?」

「ええ」

「それなら、道警本部に、協力するのもいいですが、済んだら、すぐに、奥さんのところに戻ったほうがいいですよ。一人にしておくのは、可哀想じゃ、ありませんか?」

「ええ、もちろん、わかっています。そうしますよ。でも、これから送る似顔絵を見てください。よろしくお願いしますよ」

と、内山が、いった。

4

内山は、道警の池谷警部にも、

「この青年を、どこかで見たような気がするんですが、歳のせいか、思い出せなくて申し訳ありません」

「今、内山さんは、東京に、お住まいですよね? 東京で見たことがあるんですか? それとも、事件の捜査中で見たということですか?」

池谷警部が、きいた。

「どうも、私が担当した事件の中で、見たようなんですが、それが思い出せなくて、今、上司だった十津川警部にも似顔絵を送らせてもらったので、もしかすると、何か、思い出してくれるかもしれません。殺された女性の身元は、わかったんですか?」

今度は逆に、内山が、きいた。

「それがですね、身元を証明するようなものを、何も、持っていないのです。たぶん、犯人が、持ち去ったのだと思いますね。凶器と思われる刃物も、車内では見つかっていません。『カシオペア』の車掌は、青森で、交代していますから、東京に連絡を取って、上野駅から青森駅まで乗務した車掌にも、似顔絵と被害者の写真を送って、覚えているかどうか、きいてみようかと思っています。もう一つ、現在、鑑識と協力して『カシオペア』の個室を全部、調べています。指紋を照合すれば、何号車のどの個室に、入っていた乗客なのかわかると思っていますす」

「もし、被害者が二人連れなら、心配して、札幌駅か、こちらに連絡をしてくると思うのですが、それはありませんか?」

「まったくありません。ですから、おそらく、被害者の女性は、一人で、乗っていたのだと、考えています」

と、池谷が、いった。

5

「カシオペア」の各個室から採取した指紋と、被害者の指紋とを照合した結果、6号車の「カシオペアツイン」の乗客であることが判明した。

上野から、青森まで乗務したJR東日本の車掌の、証言によって、6号車の、その女性は、車内検札で、上野駅から乗ったことが確認され、その時は、一人だったとわかった。切符は札幌までだったともいう。

少しずつだが、今回の殺人事件について、わかってくる。しかし、容疑者の青年の行方は、まったくつかめなかった。

内山は、十津川警部からの連絡を待って、札幌警察署に、待機していた。

電話がかかったのは、夕方近くになってからである。

「似顔絵、届きましたよ」

と、十津川が、いった。

「それで、何かわかりましたか？」

「似顔絵を部下の刑事全員と、見たんですが、似顔絵の男を前に見たことがあるといったのは、亀井《かめい》刑事だけなんです。ほかの刑事たちは、誰も、記憶にないといっていますし、正直にいって、私も見覚えがないんですよ」

「カメさんだけが、見覚えがあるといったんですか？」

「そうです。それで、私もいろいろと、考えてみたのです。内山さんは、自分が捜査した事件の関係者ではないかと、いっていましたね。あなたと亀井刑事の二人が、見覚えがあるといっています。亀井刑事もベテランで、あなたも同じです。何かの事件で、カメさんとあなたのベテラン二人が、担当したことがあって、その時に、似顔絵の青年に会ったんじゃないんですか？」

「しかし、何かの事件の時に、私が、カメさんとコンビを組んだ記憶はないんですよ。私がコンビを組んでいたのは、たいていの場合、若い木島《きじま》刑事でした」

と、内山が、いった。

「同じことを、亀井刑事も、いっているので、考えてみました。思い出したのは、去年の十月に、あなたが最後に、関係した事件ですよ。覚えていますか？」

「もちろん、覚えていますとも。警部がいわれるように、私が最後に、関係した事件なら、たしか、去年の十月四日に、渋谷《しぶや》区松濤《しょうとう》の豪邸で殺されていた野崎修太郎《のざきしゅうたろう》という男の事件でしたよね？　NS興産という会社をやっていて、年齢は、七十歳。貸しビルとか、ファーストフードのチェーン店など、さまざまな事業をやっていた会社の社長でしたよね？　しかし、その時も、私は、カメさんではなく、木島刑事と組んでいましたよ」

「その時、野崎の通夜に、誰か刑事を、行かせようと思ったのですが、若い刑事では、まずいと思って、あなたとベテランの亀井刑事の二人を、行かせたんですよ」

「そうでした。思い出しました。私とカメさんが、通夜に、参列したのです」

「とにかく、盛大な葬儀だったらしいですね」

「そうです。参列者の中に犯人がいるのではないかと思って、私とカメさんで出かけていったのですが、参列者が、多かったです。焼香を済ませた後で、しばらくその場に残って、通夜の様子を、見ていました。たぶん、その時に、あの青年を、見たんですよ。間違いありません。親しい人だけの通夜ということでしたが、百人近い人が来ていましたよ。その後で、告別式を、やったのですが、こちらのほうは、少なくとも三百人を超《こ》えていましたね」

「亀井刑事も同じようなことをいっていましたが、名前はわからないといっているんです」

「そうなんです。私にも、名前は、わかりません。しかし、死んだ野崎と親しい人間だと思いますね」

「告別式にも、二人で行ってもらったんですが、その時、似顔絵の青年を見ましたか？」

「いや、見ませんでした」

内山は、十津川警部と、電話で話しながら、去年の十月四日に起きた事件のことを思い出していた。内山が、最後に、関係した事件である。

野崎修太郎は死んだ時、七十歳だったが、女性関係は盛んで、死ぬ二年前に、自分より三十歳以上も若い、郁代《いくよ》という後妻をもらっている。

郁代は、野崎がよく利用していた銀座のクラブのママで、関係が出来た後、結婚したのである。

告別式の二日後、後妻の野崎郁代が、NS興産が持っている貸しビルの屋上から、身を投げて死亡した。遺書はなかったが、二人をよく知る人間に、刑事たちが、聞き込みをすると、野崎には、ほかにも、女が何人もいて、何かというと、口答えをする郁代が、気に入らなくなって、何とかして、追い出そうとしていたという。

そのことに怒って、郁代が野崎を殺してしまい、その後、自殺したと、捜査本部は、断定した。

野崎修太郎は、十月四日の夜、眠っているところを襲われ、胸を刺されて死んだのだが、お手伝いはすでに帰ってしまっていて、家には、後妻の郁代がいただけだったので、最初から、彼女は、容疑者として、マークされていた。

野崎修太郎殺しの犯人として、後妻の郁代を考えるのは、少しばかり強引すぎるのではないかという考えも、当時の捜査本部にはあった。

何といっても、十月四日の夜には、広い家に、二人しかいなかったのである。寝ている野崎を殺せば、当然、疑いが自分にかかってくる。そんな雰囲気の中で、果たして、殺すだろうか？

それに、玄関や窓にはカギがかかっていたが、勝手口のドアの上部がこわされていた。

ほかに、野崎修太郎を憎んでいる人間がいて、夜遅く、勝手口の錠《じょう》をこわして忍び込み、野崎を殺したのではないかと、考える刑事も出てきた。

その頃、野崎は、後妻の郁代に冷たくなっていて、別々の部屋で寝ていたから、郁代には気がつかれずに、野崎を殺すことも可能だったというわけである。

それでも、郁代犯人説を唱《とな》える刑事のほうが多かった。

渋谷区松濤の野崎の豪邸には、捜査本部が、後妻の郁代を本命と考えた理由が、いくつも残されていた。

その一つは、殺された野崎修太郎を司法解剖した結果、体内から睡眠薬が発見されたのである。

二つ目は、壊されていた勝手口の錠である。これを、外部からの侵入者がこわしたとは考えずに、捜査本部では、疑いの目を外部の人間に向けさせるために、野崎を殺した後、郁代が自分で、勝手口の錠をこわしたのではないかと考えたのである。

三番目は、松濤の豪邸は、ある警備会社と契約し、二十四時間体制の警備システムが取り入れられていたのだが、十月四日の夜は、なぜか、警備システムが、作動せず、警報が鳴らなかった。

野崎は、日頃から、用心深い男で、いつもこの警備システムを、オンにして寝る癖があった。後妻の郁代が、野崎の寝ている部屋に入っても、警報が鳴るシステムになっていたのだが、この夜は、なぜか、この警備システムがオフになっていたというのである。

それについて、郁代は、あの警備システムは、非常に敏感で、ネコの動きも感知して、警報が鳴ってしまう。それでうるさくなって、最近は夜になると、野崎が自分で、警報システムをオフにしていたと、警察に答えていたが、これも、彼女が、ウソをついているのではないかと、刑事たちは、考えたのである。

第四の理由は、郁代が、昔の水商売仲間に会うと、いつも、野崎の冷たさに愚痴をこぼしていたことだった。

夫の野崎は、何とかして、自分を追い出そうとしている。腹が立って仕方がない。その上、最近は、暴力を、振るうようにもなったので、殺したくなることもある。そんなことを、話していたという証言も、彼女の容疑を、深めることになった。

その直後の自殺である。遺書はなかったが、彼女以外に、強い動機を持つ人間が、いないので、捜査本部は、後妻の郁代が、夫の野崎を殺した後、自殺をしたと断定した。

そして、今回の事件である。

五月二十日の一六時二〇分に上野を発車して、翌日の五月二十一日に札幌に着いた寝台特急「カシオペア」の車内で、若い女性が殺されて、そして、容疑者は、「カシオペアスイート」の展望室タイプの個室に、一人で乗っていた青年である。

その青年を、内山は、前にどこかで見たことがあったのだが、あの野崎修太郎の通夜の時だったと思い出した。

そうなると、去年十月のあの事件がまだ尾を引いていて、今回の殺しに、繫がったのだろうか？

内山は、そんなことを、考えたりしていた。

しかし、十津川警部のいうように、内山はすでに、警視庁を定年退職して、今は民間人である。

それに、いつまでも、札幌警察署にいては、現職の道警の刑事たちの、迷惑になるかもしれない。

内山は、姉夫婦の家に、帰ることにした。

6

すでに午後八時近くになっていたが、それでも、妻の貴子と姉夫婦は、夕食の支度をして、内山を、待っていてくれた。

「遅れて申し訳ない。何しろ、札幌警察署のほうで、いろいろと協力を要請されてしまいましてね」

内山は、いい訳がましくいったが、三人は、別に、怒ろうともせず、逆に、

「テレビのニュースで見ましたよ。大変でしたね」

と、悦子がいった。

「『カシオペア』が走って一年以上になるけど、列車の中で、殺人事件が起きたのは、今回が初めてだ

と、ニュースでいっていましたね」

少し興奮した口調でいったのは、悦子の夫だった。

内山も、三人が事件に関心を持っているらしいことをいいことに、札幌警察署でもらってきた似顔絵のコピーを、テーブルの上に広げて、

「これが容疑者です」

と、いった。

「あ、この人、私たちが会った、あの若い人ね」

と、貴子が、いった。

「この青年ですけど、『カシオペア』の中で一番高いという『カシオペアスイート』の展望室タイプの個室に、一人で、乗っていたんでしょう？　どうして、そんな無駄なことをしたのかしらね？　ガールハントでもする気だったのかしら？」

と、今度は、悦子が、いった。

「それなら、あの豪華な部屋を使って、ガールハントするつもりだったのよ。それが、こじれて殺人まで起こしてしまった」

と、貴子がいう。

「殺された女性は、『カシオペアツイン』という、これも二人用の個室に、一人で乗っていたんですよ」

と、内山が、いった。

「そのことも、何か事件に、関係があるのですか？」

悦子の夫が、首を傾げて、内山を見た。

「関係があるかもしれませんし、ないかもしれません。ただ、最近は、二人用の個室に、一人で乗る人も多いようですよ」

と、内山が、いった。

「この青年ですけど」

と、悦子が、いう。

「人殺しをするような人には、見えませんけどね。

本当にこの人が、女性を殺したんですか?」

だが、定年まで警視庁捜査一課で、主に殺人事件の捜査をやっていた内山の経験からすると、優しそうに見える男や女ほど、実はそうではないことも多いのだ。

それに、人間は、どんなに優しい性格の持ち主でも、強い動機があれば、簡単に、人を殺してしまうものなのだ。

7

十津川は、去年の十月四日に起きた殺人事件の調書を、もう一度、持ち出してきて、眼を通すことにした。

あの時の被害者、野崎修太郎についての調書である。

殺された時、野崎は七十歳だった。貸しビル業などを営む、NS興産の社長だったが、七十歳になっても、仕事に対する野心は変わらず、また、女性関係も依然として盛んだった。

結局、そのことが、彼の命を縮《ちぢ》めたのだと、十津川は考えたのである。

野崎は、三十歳以上も歳の若い後妻、郁代を迎えたが、そのほかにも関係していた女が何人もいて、当然その子供も、いるだろうとウワサされていた。

野崎修太郎が殺された時の遺産の総額は、現金、預金、株券、不動産などを合わせて、総額約八十五億円と、計算されたと、調書には載《の》っている。この莫大《ばくだい》な遺産は、後妻の郁代のものに、なるはずだったが、彼女は、夫殺しの疑いをかけられたあげく、告別式の二日後に自殺してしまった。

その結果、莫大な遺産は、宙に浮いてしまっている。野崎修太郎には、正式な子供はいないから、彼が、どこかの女性に産ませた子供が、もし、認知されていれば、遺産の相続人ということになる。

あれから半年、正確にいえば、七カ月余りが経過した今になっても、遺産の相続人が、一向に名乗り出てこないのである。

「これは、相続する人間が、一人も、いないのではなくて、おそらく、お互いに、牽制《けんせい》し合っているのではないかと、思いますね。ただ、ここに来て、事情が変わりましたから、何かしら、動きがあるのではないでしょうか？」

と、十津川は、三上《みかみ》刑事部長に向かって、いった。

「そう考える理由は？」

「去年の十月四日に、野崎修太郎が殺されました。その莫大な遺産は、後妻の郁代が、手に入れることに、なりましたが、彼女は殺人の容疑者になり、追い詰められた形になって、結局は、自殺してしまいました。遺産を狙《ねら》っている人間は、そうなることを、予期していたのではないかと、思うのです」

「今回、寝台特急『カシオペア』の車中で起きた殺人事件が、野崎修太郎の事件に関係していると、思っているんじゃないのかね？」

「確信はありませんが、何かしら、関係があるのではないかと、思っています」

と、十津川は、いった。

「北海道警のほうからの、依頼に応《こた》えるのはいいが、一つだけ、君に注意しておきたいことがある」

強い口調で、三上刑事部長が、いった。

「部長がおっしゃりたいことは、よくわかっています。去年の十月に起きた殺人事件については、後妻の野崎郁代が犯人で、彼女の自殺によって、事件は、終わった。われわれは、そう、考えていますから、今さら、事件を蒸し返されるのは困ります。そういうことですね？」

「その通りだ」

「もちろん、私も、そのことは、よくわかっています」

「『カシオペア』の車内で殺されていた若い女性も、そして、容疑者の若い男性も、どちらもまだ、身元がわかっていないんじゃないのか？」

「そうですが、男のほうは、野崎修太郎の通夜に参列していることがわかりました。そこで、今、関係者に当たって、この青年が、いったい、何者なのかを調べているところです。まもなくわかると思います」

と、十津川が、いった。

8

十津川が思っていた通り、野崎修太郎の通夜の日、参列した人たち一人一人に当たっていくと、意外に早く、似顔絵の青年の名前がわかった。


事件から二日後の去年の十月六日、野崎修太郎の通夜が、行なわれたのだが、その時、受付をやったのが、野崎が社長をやっていたNS興産の、若手社員二人だった。その二人が、似顔絵の男のことを、覚えていたのである。

彼らは、名刺を出した人の名刺は全て、取ってあったし、香典を渡された人については、香典の額も、記入してあった。

その二人が、十津川に向かって、こう証言した。

「似顔絵の男性は、この名刺の人物に、間違いありません」

あの葬儀に参列した人が差し出した名刺の中から、一枚を取り出して、十津川に、示した。

その名刺には、

「大羽《おおば》信輔《しんすけ》」

と、あり、東京都世田谷《せたがや》区の住所も書かれてあった。

ただ、会社名や団体名は、何も書いてなかったから、どこにも、勤めていない人間なのだろうか？

名刺の名前のところに、黒い丸が、つけられているのを、十津川は見つけて、

「この黒い丸には、どういう意味が、あるんですか？」

「あの日は、身近な人たちの集まりということだったので、受付にいらっしゃった時、『故人とは、どういうご関係ですか』と、皆さんに、きいたのです。『親族です』と答えた人には、名前のところに、黒い丸をつけました。ですから、この大羽信輔という人も、親族だと、答えた人なんですよ。ただ、確認することはしませんでしたから、本当かどうかは、わかりません。あくまでも、本人の言葉です」

二人のうちの片方が、十津川に、いった。

十津川は、西本《にしもと》と日下《くさか》の二人に、名刺を渡して、この男について、調べてくるように、命じた。

四十分後、西本刑事から連絡が入った。

「現在、名刺に書かれている世田谷区三軒茶屋《さんげんぢゃや》にある、マンションに来ています。ここの305号室が、大羽信輔の部屋だそうですが、本人は留守で、管理人に話をきいたところ、五日ほど前から、帰ってきていないようです」

どうやら、大羽信輔という男は、三軒茶屋のマンションには、戻ってきていないらしい。「カシオペア」の車内で、若い女性を殺した容疑者第一号だが、問題は、その動機だった。

そこで、十津川が、会いに出かけたのは、野崎修太郎の顧問弁護士で、二十年来のつき合いだという小笠原《おがさわら》という男である。

「亡《な》くなった野崎修太郎さんの件ですが、女性問題が、大変だったそうですね？　小笠原先生は、その後始末に、苦労されたんじゃありませんか？」

十津川が、きくと、小笠原は、笑って、

「おっしゃる通り、ずいぶん苦労しましたよ」

「私が知りたいのは、生前、野崎さんが、何人の子供を、認知したかということなんですよ。あれだけ女遊びをしていたんだから、かなりの数になっているんじゃないかという人もいるし、逆に、派手に女遊びをしても、生まれた子供を、認知することはなかったから、そんなにはいない。いたとしても、せいぜい一人か二人だという人もいるので、その点を、小笠原先生におききしたいのですが、どうでしょうか？」

「はっきりいって、女性関係は構わないんですよ。向こうも遊びでしょうからね。何か問題が起きても、金で、解決してしまえば、いいんですから。一番心配したのは、今、警部がいわれたように、生まれた子供を、認知するかどうかなんです。私は、いつも、野崎に、子供は作るな。出来てしまったら認知だけはするな。そんなことをしたら、後になって、財産問題で、もめることは、間違いないからと、いっていたんです。ですから、野崎が認知した子供は私の知る限り二人しかいません。ただ、野崎は、私が強くいうと、逆に意地になって、認知したりするんですよ。その代わり、あの子は、気に食わないから、認知しないという時には、やたらに、自慢そうに、いっていましたね」

と、小笠原が、いった。

「それなら、この青年は、どうでしょうか？　覚えていらっしゃいませんか？」

十津川は、大羽信輔という名前を告げ、似顔絵を、見せた。

「ああ、この青年でしたら、認知していませんよ。野崎は、私に、こういったんです。この男は、気に食わないから、絶対に、認知しないと。ですから、この青年は、認知されていませんから、遺産を相続する権利は、ありませんよ」

と、小笠原弁護士は、あっさりと、いった。

「それともう一人、二十代の若い女性なんですが、この女性のことを、教えてもらいたいんですよ」

十津川は、「カシオペア」の車内で、殺された若い女性のことを、話した。

「年齢は、二十四、五歳です。身元は不明ですが、顔写真と指紋だけは本物です。この女性なんですが、ご存じありませんか？」

と、十津川が、写真を、見せながら、いうと、小笠原は、これもあっさりと、

「ああ、この女性でしたら、見たことがありますよ」

と、いう。

「野崎修太郎さんの子供ですか？」

「子供かもしれないし、そうではないかもしれません。一度だけ、彼と一緒にいるところを見たことがあります。しかし、この女性が彼の娘だとしても、遺産の相続権はありませんよ。認知していないはずですから」

「どうして、認知していないと、わかるのですか？」

「野崎は、男の子は、認知したがるんですが、女の子は、どんなことがあっても絶対に、認知しないのですよ」

「どうして、娘さんは、認知しなかったんですか？」

「野崎は、後妻にもらった郁代さんを始め、女に懲《こ》りていたんですよ。わがままだし、すぐに怒るし、おしゃべりですからね。だから、男の子は、認知をするかどうかは、考えますが、女の子は、絶対に認知しない。女の子を認知すると、面倒なことになるからイヤなんだと、いっていました。満更《まんざら》ウソではないと、思いますね。何しろ、彼が、郁代さんのこ

とで、悩んでいたのは、本当ですから」

9

十津川は、わかったことを、すぐに、北海道警の池谷警部に、伝えた。

「そうですか。野崎修太郎の莫大な遺産は、現在、宙に浮いたままに、なっているんですか」

池谷も、興味があるらしく、少しだけ、声が、大きくなった。池谷は、続けて、

「しかし、殺された野崎修太郎には、認知した男の子が二人いるんですね。それは、間違いありませんね？」

「小笠原弁護士は、そういっていましたね。ただ、名前は、教えてくれませんでした」

「二人が、名乗り出てくれれば、何十億という遺産が、その二人に行くわけですね？」

「そうなります。『カシオペア』の車内で、若い女性を、殺して逃げたと思われる青年が、大羽信輔という名前だとわかったんですが、それにしても、野崎の子供として認知されていないというのは、意外でしたね。どう考えていいのか、わからなくなってきます」

「その点は、同感です。殺された女性のほうも、野崎が、どこかの女と関係して、出来た娘だというんでしょう。しかし女はおしゃべりで、わがままで、一切認知しないわけでしょう？」

「そうなんですよ。それで、『カシオペア』の車内の殺人と、大羽信輔の逃亡は、いったい、何だったんだと首を傾げてしまうんです」

十津川は、北海道にいる内山にも、わかったことを、そのまま伝えた。

「残念です」

と、内山はぽつりと、いった。

「どうして、残念なんですか?」

「今の警部の話を聞いていると、これから面白くなりそうじゃないですか? だから、残念だといったんです。ただ、ひょっとして――」

と、内山が、いいかけるのを、十津川は、制して、

「それ以上、いわないでください。去年十月の事件の処理が、間違っているとなったら、大変ですからね」

といって、十津川は、電話を切った。

それから一カ月間、何の動きもなく、過ぎていった。

小笠原弁護士がいった、野崎修太郎に、認知された二人の男も、名乗り出てこないし、殺人容疑者の大羽信輔も、依然として、行方不明のままである。

かろうじて、「カシオペア」の車内で殺された若い女性の身元が、わかって、新聞に出た。

福田美由紀《ふくだみゆき》、二十四歳である。

彼女の母親は、六本木《ろっぽんぎ》のクラブのホステスで、野崎修太郎との関係は、マスコミによって、明らかにされたが、小笠原弁護士がいうように、殺された娘にも、その母親にも、野崎修太郎の遺産を手にする権利はないということだった。それなのに、なぜ殺されたのか、という謎だけが残った。

七月一日になって、やっと、遺産相続人の三十歳の男が、小笠原弁護士同席で記者会見を行なった。

名前は、三浦俊介《みうらしゅんすけ》である。

記者会見の冒頭、三浦俊介は、

「私は、亡くなった野崎修太郎の息子です」

と、いい、小笠原弁護士が、それを説明した。

「こちらの三浦俊介さんは、今から三十年前、野崎修太郎さんが、NS興産の子会社の女性社長、三浦優子《ゆうこ》さんとの間に作った子供です。ここに、出生証明書がありますし、亡くなった野崎修太郎さんが、

自分の子供であるとして、認知したという証明書もあります」

それについて記者から質問が飛ぶ。

「去年の十月、野崎修太郎さんが死んだ時に、すぐに、名乗り出なかったのは、どうしてですか？　何か、理由があるんですか？」

記者の一人が、きく。

「父は、ただ単に、死んだんじゃないんです。殺されたんです。その上、僕から見れば、継母《ままはは》ですが、彼女も自殺してしまいました。そんな時に、平気な顔をして、名乗り出られると思いますか？　怖くてできませんでした。僕も、殺されてしまうかもしれないじゃないですか？　それで、事態が、落ち着くまで、名乗り出なかったんですよ」

「小笠原弁護士に、おききしますが、ほかに、野崎修太郎さんが認知した子供は、いないのですか？」

「もう一人、自分の子供に間違いないと、認知した男性がいますが、三浦俊介君が、こうして、名乗り出たので、その方も安心して名乗り出てくると思いますね」

「その時も、今日と同じように、記者会見を開きますか？」

「もちろん、開くつもりでおります。何しろ、何十億円という莫大な遺産を相続するわけですから、その必要があると、考えています」

小笠原弁護士が、落ち着いた声で、いった。

記者たちの質問は、なおも、続いた。

「三浦俊介さんのほかに、遺産相続人は一人ですか？」

「そうです。あと一人です」

「その人の名前と職業、それから現在、どこに住んでいるのかを、教えてもらえませんか？」

「名前は、前田和男《まえだかずお》さん、二十三歳です。横浜の元町《もとまち》に、新元町ビルというのがあるのですが、その一階で、母親の由希子《ゆきこ》さんと二人で、現在、『ゆき』という喫茶店をやっています。このビルは、野崎修太郎さんが持っていた、貸しビルです」

「その前田和男さんと、三浦俊介さんとの話し合いが、あるわけですよね？」

「その通りです。遺産をめぐって、争っても仕方がありませんから、明日、私が前田和男さんに会って、話し合いで、等分に分けるようにしたいと、考えています」

「等分に分けたとしても、一人四十億円以上の遺産になるんじゃありませんか？」

「そうですが、相続税が取られますから、だいぶ少なくなりますよ」

小笠原弁護士が、笑った。

10

小笠原弁護士は、明日、会いに、行くといったが、記者の中には、その日のうちに、もう一人の遺産相続人、前田和男に会って、話を聞こうとする者も、いた。

女性週刊誌の記者である。誰よりも先に、四十億円の遺産相続人に会って、話を聞こうと思ったのである。

記者とカメラマンの二人が、横浜に着いた時は、すでに夜の八時を過ぎていて、周囲は、暗くなっていた。

元町商店街は、まだ宵《よい》の口という感じで、賑《にぎ》やかである。道幅が狭いので、両側の店を見ながら歩け、横浜を訪ねてくる人たちにとっては、楽しい商店街だった。

ここには、どんな店でもある。関帝廟《かんていびょう》から歩いて七、八分のところに、問題の貸しビルがあった。三階建ての小さなビルで、その一階に、「コーヒー&ケーキ　ゆき」という看板がかかっていたが、店は、閉まっていた。

入口には、臨時休業の、看板が出ていて、白いカーテンが、かかっていた。

それでも、記者が覗くと、中には明かりがついている。記者が、インターフォンを鳴らしてみた。

しかし、応答がない。

「裏にまわってみよう」

と、カメラマンが、いった。

二人とも、四十億円という遺産を引き継いだ時、どんな気持ちになるのかききたかったし、女性関係もきき出したかったのだ。

もし、つき合っている女性がいれば、その女性は、明らかに、四十億円の、玉の輿《こし》に乗ることになる。

二人は、ビルの裏にまわり、勝手口のドアを叩《たた》いてみた。

相変わらず、反応はない。

記者が、ドアの取っ手に手をかけてみると、なぜか、カギがかかっていなくて、中に、入ることができた。

「おい、大丈夫か？　不法侵入になるんじゃないのか？」

「構うもんか。何しろ、四十億円の遺産相続に関係している男なんだぞ」

二人は、そんな会話をしながら、足を踏み入れていった。

ドアを開けると、そこが店になっていた。

クラシック調の、さして、広くない店である。カウンターがあり、客席は、五つのテーブルしかない店だった。

「おい、誰か倒れているぞ」

カメラマンが声をあげ、記者は、倒れている人間に、近寄っていった。

二十代の若い男である。

仰向けに倒れ、目が、カッと大きく、見開かれ、強く結ばれた口元から、血が、流れ出している。

近くの床に、コーヒーカップが、転《ころ》がっていた。

記者が、瞳の中を見、心臓の鼓動を、聞いた。

「死んでいるのか？」

カメラマンが、きいた。

「ああ、死んでいる。心臓が停止しているんだ」

「前田和男本人か？」

「たぶん、そうだろう」

派手なアロハから出ている腕には、高そうな腕時計が、光っていた。首には、プラチナのネックレスが、巻かれていた。

「どうしたらいいんだ？」

「とにかく、いったん出よう」

二人は、もう一度、勝手口から外に出たあと、携帯を使って一一〇番した。
五、六分もすると、救急車とパトカーがほとんど同時にやって来て、喫茶店「ゆき」の周りは、たちまち野次馬《やじうま》で囲まれてしまった。
倒れた男を見ていた救急隊員が、首を横に振るのが見えた。すでに死亡しているのだ。

カメラマンは、抜け目なく、現場の写真を撮り、記者のほうは、ボイスレコーダーを上着の内ポケットに隠して、野次馬から話をきいてまわった。

「やっぱり、死んだのは、前田和男だよ。間違いない」

記者が、カメラマンに、いった。

「これで彼は、自分の命と四十億円がパーになってしまったわけか」

「こうなると、間違いなく、三浦俊介が、疑われるな。莫大な遺産を、一人占《じ》めできるわけだから」

「しかし、三浦俊介は、今日、小笠原弁護士と一緒にいたんだろう？　そうなれば、アリバイがあるわけだから、彼はシロだよ。犯人じゃない」

「しかし、それは、前田和男の死亡推定時刻によるよ」

そんな話を、二人はしながら、なおも取材を続けた。

11

前田和男の死因は、司法解剖の結果、青酸カリによる、中毒死であることがわかった。

床に転がっていたカップに残っていたコーヒーの中から、青酸カリが検出された。前田は、青酸カリが入ったコーヒーを飲んで、死亡したことになる。

死亡推定時刻は、七月一日の午後六時から七時の間である。

三浦俊介が、小笠原弁護士を伴って、東京・紀尾《きお》井町《いちょう》のホテルニューオータニで、記者会見を開き、終わったのは、午後六時三十分である。ホテルから三十分で、横浜元町の喫茶店「ゆき」に行き、殺人を行なうのは、時間的に見て、まず無理である。三浦俊介と小笠原弁護士は、シロということに、なった。

その日、内山夫妻は映画を観《み》に行って、帰宅したのは、夜の十一時に近かった。

五月二十日、内山は、妻の貞子と、北海道へ旅行した。下りの「カシオペア」の中で、殺人事件に、遭遇してしまったのだが、あれから、一カ月以上も経ってくると、殺人事件が、自分の足元から、どんどん遠ざかっていくような、気がしていた。

（やっぱり、おれは民間人なのか）

内山は、少しばかり、寂しい思いを感じながら、テレビの、スイッチを入れた時、突然、遠ざかっていたと、思っていた殺人事件が、また自分の近くまで、戻ってきたような気がした。

ニュースは、野崎修太郎の莫大な遺産の、もう一人の相続人が、青酸カリ中毒で死亡したと、伝えたのだ。

それも、自殺ではなく、殺人らしい。

アナウンサーが、

「これで、残された、もう一人の、遺産相続人が、八十億円以上といわれる莫大な遺産を、相続することになりました」

と、喋《しゃべ》っている。

翌日、内山は、妻の貴子に向かって、

「ちょっと、友だちに会ってくる」

とだけ、いって、出かけた。

内山が向かったのは、警視庁捜査一課の十津川警部のところだった。

庁内の空気が、少しばかり、おかしかった。

十津川に会うと、

「捜査が、やり直しになりましたよ」

と、短く、いわれた。

これから、渋谷警察署に、捜査本部を設けて、去年十月の事件の、捜査をやり直すことになったという。

「去年十月の事件というと、野崎修太郎と、妻の郁代の件ですね？」

「そうです。野崎修太郎殺害事件と、夫を殺して自殺した野崎郁代の事件です。あの時、郁代の犯行と、判断したのですが、そのあと、二人も遺産をめぐって殺されているのを見ると、郁代は自殺ではなくて、殺されたと考えたほうが、いいかもしれませんからね」

十津川は、難しい顔で、いった。

それでも、捜査本部の、看板は、去年十月の事件の継続とは、書かれず、新しい捜査の開始となるということ。

渋谷署で、捜査会議が開かれた。

十津川は、捜査本部に置かれた黒板に、六人の名前を書き、全員の写真を張りつけた。

野崎修太郎
野崎郁代
三浦俊介
大羽信輔
前田和男
福田美由紀

の六人である。

このうち、四人が殺され、容疑者は、「カシオペア」に乗っていた大羽信輔であり、三浦俊介は、野崎修太郎の遺産相続の権利がある、二人が殺されたことによって、八十億円を超えるという遺産を、一人で、相続することになった。

その席で、十津川は、

「この事件は、莫大な遺産を狙った殺人事件と考えられるが、去年、警視庁を定年退職した内山さんにも、来てもらっている。内山さんは、何といっても、容疑者大羽信輔と『カシオペア』の中で、偶然一緒になり、話をしているので、それで、今日、わざわざここに来てもらった」

と、いった。

12

「一連の事件は、去年の十月四日に、NS興産の社長、野崎修太郎、七十歳が自宅で殺されたことに始まっている。まず、この事件から、考えてみよう。誰が、何のために野崎修太郎を殺したのか?」

十津川が、いうと、亀井が、手を挙《あ》げて、

「後妻の郁代の場合は、夫の野崎が、自分以外にも女を作ったり、自分に冷たく当たってくるので、嫉妬の感情もあったでしょうし、それに、もちろん莫大な遺産のこともあったと思います」

と、いった。

「次は、野崎修太郎の子供たちだ。考える必要があるのは、四人のうちの、三浦俊介と、前田和男の二人は、野崎に、認知されているので、野崎修太郎と後妻の郁代が死ねば、莫大な遺産は、自分のものになる。しかし、大羽信輔と福田美由紀は、野崎から認知されていないから、遺産を相続する権利がないので、動機がないことになる」

と、十津川は、いい、続いて、

「相続権のない福田美由紀が『カシオペア』の中で殺され、これも、相続権のない大羽信輔が、容疑者になっている。これをどう考えたらいいか、君たちに、ききたい。誰か、意見のある者は、いないか?」

と、刑事たちの顔を、見まわした。

「大羽信輔が犯人だとすると、『カシオペア』の中で一緒になった、福田美由紀が認知されていて、相続権があると、思っていたんじゃありませんか?」

と、北条早苗《ほうじようさなえ》刑事が、いった。

「いや、それは、考えられないね。大羽信輔自身は、自分に相続権がないことは知っているはずだ。彼が、福田美由紀に相続権があると思って殺したとしても、莫大な遺産が、自分に入ってくることはあり得ないんだ。だから、動機がないことになる」

続いて、前田和男のことが問題になった。

「前田和男は、横浜の元町でやっている喫茶店で、青酸カリ入りのコーヒーを飲んで死んだが、自殺ではなく殺人と見ていいだろう。司法解剖の結果、午後六時から七時の間に殺されたということだが、もう一人の相続人、三浦俊介と、小笠原弁護士が、東京のホテルで記者会見を開き、終わったのが、午後六時半だ。三十分では、横浜元町の喫茶店には着けないから、殺人は無理だ。つまり、この二人には、アリバイが成立する」

「そうなると、三浦俊介が、八十億円という莫大な遺産の、唯一の相続人になった、ということになりますね？」

と、若い西本刑事が、いった。

「その通りだよ。たった一人の、競争相手だった前田和男が、何者かによって、殺されてしまったからね」

「そうなると、四人の中で、福田美由紀殺しに関しては、大羽信輔が、容疑者で、もしかすると、前田和男を殺したのも、大羽信輔なんじゃありませんか？」

と、西本が、いった。

「しかし、大羽信輔は、認知されていないから、福田美由紀と前田和男を殺しても、遺産は相続できないんだ。大羽信輔が、二人を殺した犯人だとすると、動機は、いったい何なのかということに、なってしまう」

と、十津川が、いった。

「ひょっとして、大羽信輔は、父親の野崎修太郎と、義母に当たる郁代も、殺したんじゃありませんか？　そうなれば、話が、スッキリしてきますよ」

と、日下が、いった。

十津川は、笑って、

「殺した人間の数を、増やしていくと、なおさら、動機がわからなくなってしまうじゃないか？　君がいうように、大羽信輔が野崎修太郎夫妻を、殺したとすると動機は、いったい何なんだ？」

十津川が、日下を見た。

「第一の殺人は、認知してくれなかった父親、野崎修太郎への恨《うら》みです。郁代のほうは、おそらく、犯人に冷たく当たったのではないかと思いますね。だから、郁代を自殺に見せかけて殺して、野崎修太郎殺しの犯人にしてしまったんですよ。これで、第一、第二の殺人事件の動機は、何とか説明がつくと思うのですが」

「他の殺人の動機だな」

十津川は、なおも、動機に、拘《こだわ》った。

また、全員が黙り込んでしまった。

考えなければならないことは、いくらでもあった。大羽信輔が、一連の殺人事件の犯人だったとしても、前田和男を殺して、同じく相続権を持っている、三浦俊介をまだ、殺していないのは、どうしてなのか？　それにも、答えは出ていない。

「私の考えを、聞いていただいても、いいですか？」

突然、内山が、十津川に、声をかけた。

「いいですよ。話してください」

「私の考えでは、今回の事件は、一見、難しそうに、見えますが、見方を変えると、大変シンプルで、簡単な事件じゃないかと、思うのです」

と、内山が、いう。

「どうして、そう見えるんですか？」

「私は、全ての殺人事件の犯人は、大羽信輔だと思っています」

「そう考えても、もちろん、いいんですが、さっきから何度もいっているように、問題は、動機です」

「動機は、簡単なんですよ。まず、大羽信輔は、父親の野崎修太郎を殺しました。たぶん、これは、父親の冷たさに対する怒りからでしょう。自分のことを、認知してくれなかったわけですからね。その殺人の疑いが後妻の郁代に向くようにしておいて、自殺に見せかけて、殺したんです。その時点で、莫大な遺産を、どうやったら、自分が、手に入れることができるか？　大羽信輔は、考えたと思うのです。父親に認知されなかった自分が、どうやれば、八十億円を相続できるのか？　そう思った大羽信輔は、自分を含めた四人について考えたに違いないのです。その時、彼が利用することにしたのは年齢です」

内山は黒板に、四人の名前を年齢順に、書き直していった。

三浦俊介　三十歳
大羽信輔　二十七歳
福田美由紀　二十四歳
前田和男　二十三歳

それを見ていた十津川が、突然、叫んだ。

「そうか、養子になることか」

「そうです。大羽信輔は、法律的には、野崎修太郎とは赤の他人です。法律的に遺産を相続できるのは、認知された三浦俊介、三十歳と、前田和男、二十三歳の二人だけです。大羽信輔が女性なら、二人のどちらかと結婚すればいいのですが、それはできません。ただ一つできるのは、養子になることです。しかし、自分より年齢が下の人間の、養子にはなれません。大羽信輔、二十七歳にとって、唯一、年上なのは、三浦俊介、三十歳ですから、彼の養子には、なれるわけですよ」

「その通りだ」

「そこで、大羽信輔は、三浦俊介と契約したのだと思いますね。あるいは、小笠原弁護士もグルかもしれません。事件が終わったら、自分を養子にする。そう約束をしておいてから、前田和男を、殺したのです。大羽信輔は、前田和男の店がある横浜の元町にいて、テレビで三浦俊介と小笠原弁護士の記者会見を見ていたんですよ。その中で、もう一人の遺産相続人は、横浜の元町で、喫茶店を経営している、前田和男だと小笠原弁護士は発表しました。そして、明日会いに行くつもりだとも、いいました。たぶん、それが、合図だったのではないかと、思いますね」

「つまり、前田和男を殺してくれという合図ですね？」

「明日行くから、今日じゅうに殺せという合図でもあったと思いますね、それで大羽は、前田和男のやっている喫茶店に行き、彼を毒殺したのです」

「しかし、福田美由紀まで、殺す必要があったんですかね？　福田美由紀は、相続権がない女性なのに、どうして、殺してしまったんでしょうか？」

　と、西本刑事が、十津川と内山を見た。

「それは、福田美由紀が、女性だったからですよ。それに、二十五歳と、歳も若い。彼女は、三浦俊介の、養子にもなれるし、結婚することだって、できるんです。大羽信輔から見れば、彼女が、一番の強敵だったんじゃありませんかね。だから、独断で、殺したんですよ」

　と、内山が、いった。

　十津川の顔が、明るくなった。

「あとは、大羽信輔を捜し出すことだな」

　と、十津川が、いった。

「それに、三浦俊介と小笠原弁護士からも、もう一度、話を聞く必要があるな」

禁じられた「北斗星《ほくとせい》5号」

1

「明日、旅行に行きたいの。構わないかしら？」

と、妻の直子《なおこ》が十津川《とつがわ》にいった。

「構わないが、どこへ行くの？」

「行き先は、わからないのよ。いえ、わかっているのかな？」

「何だい？　そりゃあ」

十津川が笑うと、直子も、釣られたようにニッとした。が、すぐ真顔《まがお》になって、

「明日の寝台特急『北斗星《ほくとせい》5号』に乗ることは、決まっているの」

「それなら、北海道へ行くんじゃないの？」

「それが、ちょっと違うのよ」

「よくわからないね」

「初めから、説明するわ」

「そうしてもらいたいね」

「私の友人に、小田敬子《おだけいこ》さんといって、女性で、大きな会社の社長をしている人がいるの」

「小田敬子――？　前に、一度、会ってるんじゃないかな。君に紹介されて」

「そうだった？」

「ああ、たしか三年前に、ご主人が交通事故で亡《な》くなって、そのあと社長になったんだろう？　大柄で、自分でベンツを運転していた」

と、十津川がいうと、直子はうなずいて、

「そう。その人」

と、いってから、

「彼女に娘さんが一人いるのよ。ひろ子さんといって、お母さんに似て長身で、なかなか美人なの」

「それで？」

「彼女、二十二歳で、S大の四年なんだけど、二十二歳の十月十日の夜明けに死ぬと、かたく信じてい

るの」

「十月十日というと、明後日じゃないか」

「そうなのよ。みんなが、そんなことはないといってるんだけど、彼女は、かたくなに信じているの。理由は、よくわからないんだけど」

「それと、君が、明日、『北斗星5号』に乗ることと、どんな関係があるのかな？」

「まわりが何といっても、彼女は、どんどん落ち込んでいって、十月十日の夜明けになったら、ノイローゼから自殺してしまうんじゃないかと、敬子も、思うようになったのよ」

「それで、北斗星に乗せることにしたのかね？」

「家にじっとしているのは、自殺させるようなものだし、警察に頼んでも、こんな話、信じてもらえないと思って、彼女、旅行が好きだから、北斗星の個室に乗せることにしたのよ」

「少しずつわかってきたよ。たしか、『北斗星5号』は、夜、上野《うえの》を出て、翌朝、北海道に着くんだったね。夜明けは、列車の中というわけだ」

「そうなの。明日、十月九日の一九時〇三分に上野を出て、函館《はこだて》に十月十日の午前六時三八分に着くわ。九日の二三時三四分に仙台《せんだい》を出ると、函館までどこにも停車しないの。夜明けというのが、何時頃かわからないけど、六時三八分になれば、もう完全に明けきっていると思うの。万一、まだ暗くても、次の長万部《おしやまんべ》着は八時一五分だから、大丈夫だわ」

「つまり、魔の時刻は、走る列車の中で、通過させてしまおうというわけだね」

「ええ。死ぬというのが、ひょっとして、外部の力だった場合、北斗星の個室に入っていれば、安全だと思っているのよ」

「外部の力って？」

「ひょっとすると、彼女は、誰かに脅《おど》されていて、その脅迫感から、自分は十月十日に死ぬんじゃないかと思っているのかもしれないわ」

「君は、彼女にきいてみたの？」

「ええ。でも、何もいわないのよ。世の中には、人を脅かして喜んでいる人間もいるから、何かのことで彼女を恨《うら》んでいて、二十二歳の十月十日に、お前を殺してやると、繰り返し電話をしていることだって、あり得ると思っているのよ」

「それを防ぐためにも、彼女を北斗星の個室に乗せてしまおうというわけだね？」

「ええ。中から鍵をかけてしまえば、安全だわ」

「二十二歳の十月十日というのは、何か意味があるのかね？」

と、十津川はきいた。

直子は、うなずいて、

「それなんだけど、何かあるはずなの」

「母親の敬子さんは、当然、知っているんだろう？」

「と、思うわ」

「それでも、君には、教えてくれないのかね？」

「ええ」

「だが、どうしたらいいか、君に相談したんだろう？」

「そうなの。虫のいいのは承知だといわれると、断わりきれなかったわ」

と、直子はいう。

「母親の敬子さんも、当然、明日の北斗星に乗るんだろうね？」

「ええ、私と一緒にね。あの列車には、個室ロイヤルが四つあるんだけど、一つしか取れなかったの。それで、私と敬子は、ソロという一人用の小さな個室に乗って行くことになっているわ。二人用の個室にしたかったんだけど、こちらは2号車で、彼女のロイヤルのある3号車とは、別の車両になってしまうからって、敬子が反対したのよ。いざというとき、同じ3号車にいたほうが、すぐ駆けつけられるからって」

と、直子はいった。

「大丈夫かね?」

十津川は、何となく心配になってきいたが、直子は笑って、

「たとえ、脅迫されているとしても、脅迫されているのは彼女であって、私じゃないんだから、私に危険はないわ」

「しかし、君は、ネコがひかれそうだといって、車道に飛び出していく人だからね。それが、心配なんだよ」

「でも、あのときは、ちゃんとネコを助けたわよ」

「そりゃあ、そうだが、いつもうまくいくとは、限らないよ」

「大丈夫。うまくやるつもりだし、それに、一緒に旅行すれば、なぜ二十二歳の十月十日に死ぬと思い込んでいるのか、その理由を話してもらえるんじゃないかと、期待しているのよ」

と、直子はいった。

「私が、時間があったら、調べてあげようか?」

「調べるって?」

「小田敬子とひろ子という母娘《おやこ》のことをだよ。この家族に、何かあるのかもしれないじゃないか」

「でも、別に、変なところはない気がするのよ」

「しかし、君は、小田母娘と知り合って、そう長くはないんだろう?」

「ええ。まだ、六カ月くらいかしら」

「それなら、君の知らない秘密がいろいろとあっても、おかしくはないよ。子供は、そのひろ子さんだけなのかね?」

「ええ。他には、いないわ」

「母親とその娘さんの間は、どうなの?」

「うまくいってるわ。何といっても、一人娘ですも

の。だから、心配して、一緒に列車に乗っていくのよ」

直子は、怒ったような声でいった。それだけ、小田母娘に好意を持っているのだろう。

「とにかく、気をつけてね」

と、十津川は、直子にいった。止めても、行くに違いなかったからである。


翌日、十津川は、警視庁に出ると、時間があるのを幸い、小田敬子と娘のひろ子について、情報を集めてみた。

直子がいったように、父親の小田誠一郎《せいいちろう》は、三年前、交通事故で亡くなっていた。

当時、小田は、五十二歳。小田興業の社長で、自らジャガーを運転していたが、スピードを出し過ぎて、コンクリートの電柱に激突し、死亡したのである。

小田は、頭の切れる男で、美男子でもあり、女性関係が派手だったといわれる。そのことで、妻の敬子は、苦労したのではないか。

小田が亡くなったあと、敬子は、小田興業の社長となり、事業を広げている。

日本の女社長百人という週刊誌の特集でも選ばれて、グラビアに載《の》っている。写真で見ると、女性としては大柄で、理知的な美人である。

そのグラビアページには、娘のひろ子の母親についての話というのが出ていた。

〈母は、よく男まさりといわれますが、それは、女手一つで会社を経営して来たからで、実際は、ちょっとしたことにもおろおろする、涙もろい弱い女性です。そんな母を、私のほうが守ってあげたいと思っています〉

十津川は、この言葉に、まず興味を感じた。男まさりだが、本当は優しく、可愛《かわい》らしい女だといいたいのだろうが、それにしては、少しばかり、書き方がおかしい気がしたからである。

「ちょっとしたことにも、おろおろする――」というのは、わかるとしても、「日本の女社長シリーズ」へのコメントとしては、不似合いではあるまいか。下手《へた》をすると、社長として、不適格と受け取られかねない。

十津川は、父親の死亡日に注目した。それが、何らかの意味で、娘のひろ子の心に影響して、「二十二歳の十月十日に死ぬ」という妄想を抱かせたのではないかと、考えたからである。

もし、父親の事故死が、十月十日の夜明けに起きていて、ひろ子が、その責任が自分にあると思い込んでいたらと、考えたのである。

しかし、父親が亡くなったのは、三年前の一月十九日の夜とわかった。このとき小田は、酔っていたうえ、道路がアイス・バーンになっていたための事故というものだった。

即死である。

それでも、十津川たちは、この事故死の件をくわしく調べてみた。

場所は、埼玉県の浦和《うらわ》市内である。この事故を扱った県警の交通係の三浦《みうら》という警官にも会って、話を聞いた。

三浦は、そのときに作成した調書を見ながら、話してくれた。

「酔っ払い運転と、すぐわかりました。即死でしたが、アルコールの匂いがしましたからね。朝になって、奥さんと娘さんが、飛んできました」

「小田さんは、なぜ、夜中に、こんな場所を走っていたのかね？」

と、十津川はきいた。

「奥さんの話では、小田興業というのは、スーパーも何店か持っていて、新しい店を埼玉に開きたくて、夜だったが、土地を見に行く途中だったみたいです」

「酔っていたというと、どこで飲んだのかわかったのかね？」

「午後十一時頃まで、銀座《ぎんざ》で、得意先の人間と飲んでいたことがわかりました。そのあと、車を運転して、現場まで来て、事故を起こしたということになります。この日は、ひどく寒かったので、早く酔いがさめると、甘く考えていたんじゃありませんか」

と、三浦はいった。

「事故死以外の疑いはなかったのかね？」

亀井《かめい》がきいた。

三浦は、また調書に眼をやってから、

「ここには、書いてありませんが、殺人の疑いが、少しはあったんです」

「それは、なぜ？」

「亡くなった小田という人が、プレイボーイでしてね。金があって、ハンサムだから、やたらに女にもてたらしいんです。浮気が原因で、奥さんと、ときどきもめていたとわかりました」

「つまり、奥さんがそれを恨んで、殺したという疑いかね？」

「そうです。しかし、アリバイが簡単に成立して、この疑いは、すぐ消えました」

と、三浦はいった。

「メカニックの面での疑いはどうだったの？　ブレーキに細工してあったとかいうことは」

「それも調べましたが、見つかりませんでした」

「死体の状態は、どうだったのかね？」

「ひどいものでした。ブレーキを踏んだ気配がないので、猛スピードでコンクリートの電柱に激突したと思われます。車の前部はこわれ、運転席は血の海でした。小田の頭部は、めちゃめちゃでしたね」

と、三浦は眉《まゆ》をひそめていった。

2

その日の午後六時、十津川直子は、小田母娘と一緒に上野駅に着いた。

札幌《さっぽろ》行きの「北斗星5号」に乗るために、13番線ホームに入る。

本来なら、楽しい旅行への出発なのだが、小田敬子も娘のひろ子も緊張し、青ざめた顔になっていた。

直子は、二人の緊張を、何とかして、解こうと思った。

「ひろ子さんは、まだ、青函《せいかん》トンネルを見ていないんでしょう?」

と、ホームに立って、彼女に話しかけた。

「ええ」

「私ね、調べてみたんだけど、『北斗星5号』が青函トンネルを通過するのは、明日の午前五時頃なの。そのときは、三人で起きていて、一緒に、青函トンネルの通過を楽しみましょうよ」

「それがいいわ。私も初めてだしね」

と、敬子もすぐ賛成した。

が、ひろ子は、すぐには応じてこなくて、

「私のことが心配で、夜明けには、ずっと一緒にいるということなんでしょう?」

と、かたい表情で直子と母親を見た。

「あなたのあんな妄想は、まったくの気のせいだと思っているわ」

と、直子はいった。

「いいえ。私は、必ず死ぬんです。それは、誰にも防げないんです」

「なぜ? なぜなの?」

「それは、私の運命ですもの」

と、ひろ子は呟《つぶや》いた。

「いいえ。私がついてるじゃありませんか。ママが、絶対に、あなたを死なせやしません」

敬子が大きな声でいったとき、『北斗星5号』が、ゆっくりと13番線ホームに入ってきた。

ブルーの車体が、旅への夢を誘う。だが、ひろ子の眼は宙をさまよっているように見えた。それを心配そうに見守っている母親の敬子。

(何とか、楽しい旅行にしないと)

と、直子はあせった。

「とにかく乗りましょうよ。乗って、個室のロイヤル・ルームを見てみましょう。私も、早く見たいの」

と、直子は二人をせき立てた。

三人は、ロイヤル・ルームのある3号車に乗り込んだ。

通路に面して、二つのロイヤル・ルームと、十二のソロと呼ばれる一人用個室が並んでいる。

ソロのほうに、直子と敬子が入ることになっていた。上、下の二つに分かれて、積木細工のように並ぶソロは、天井も低いし、狭い。その代わり、ロイヤル・ルームに比べて、寝台料金は三分の一である。

二つ並んだロイヤル・ルームのうち、ひろ子の入るのは、デッキに近いほうだった。

三人で、部屋をのぞいた。

JRがスイート・ルームと自称するだけあって、今までの個室に比べると、はるかに広く、贅沢《ぜいたく》に出来ている。

何よりもいいのは、室内が二つに分かれていて、ベッドと回転椅子の置かれた部屋と、シャワー・ルームが別になっていることだ。ベッドも、今までの列車のベッドより大きい感じである。

回転椅子に腰を下ろすと、眼の前に小さなテーブルがあり、洒落《しやれ》た電気スタンドもあり、手紙ぐらいは書けそうである。

窓も広く大きく、ひとりで景色を楽しめそうだ。

「シャワー・ルームには、三面鏡もついてるわ」

と、直子はわざとはしゃいだ声でいった。

だが、ひろ子は、ベッドに腰を下ろして、ぼんやりと窓に眼をやり、直子の言葉など聞いていないようだった。

車掌が来て、部屋のカード・キーをくれる。直子は、三人分の夕食の時間を予約しておいた。

「私が、しばらく一緒にいますから」

と、敬子がいうので、直子は、ロイヤル・ルームを出て、自分のソロの個室に戻った。

時刻が来て、「北斗星5号」は、がくんとひと揺れしてから、上野駅を滑り出した。

直子の部屋は、上段にある。

急な階段をあがって、自分の部屋に入ってみた。

ロイヤル・ルームに比べると、驚くほど狭い。天井は、屋根の形に湾曲していて低いので、圧迫感はあるが、それでも今までのB寝台に比べれば、ベッドは大きく、腰を下ろすと、窓から外の景色を楽しむことができるのだ。

まだ、小田母娘と、短い時間しか、一緒にいないのだが、それでも疲れた感じがする。問題の夜明けが近づいたら、もっと疲れるだろう。

（何とかして、ひろ子の心の秘密を聞きたいな）

と、直子は窓を流れる夜景を見ながら思った。

何かなければ、あの娘が、明日十月十日の夜明けに死ぬと、思い込むはずがないのだ。理由が見つかれば、説得も可能だし、防ぐ手段も思いつくだろう。

ロイヤル・ルームに比べると、はるかに小さな窓に、東京の街の夜景が流れて行く。ネオンがにじんで見えるのは、十月九日なのに、外は意外に暖かいのか。

（どんな心の傷が、考えられるだろうか？）

と、直子はあれこれ考えてみた。

死を連想させるのは、現実の死である。家族のひとりが悲惨な死に方をしていて、それが、ひろ子を苦しめているのだろうか？

家族の死といえば、すぐ、彼女の父親の事故死が思い浮かぶ。敬子の夫の死である。

コンクリートの電柱に、激突しての死だから悲惨だが、十月十日ではないし、ひろ子がショックを受けたのはわかるが、自分の死につながるとは、思わないだろう。第一、家庭を省《かえり》みない父親だったらしいのだ。

それなら、父親が事故死しても、ひろ子は、ノイローゼにはならないだろう。むしろ、いい気味だと思ったのではないのか？

午後八時三十分に、三人は、揃《そろ》って食堂車へ出かけた。

5号車で、「グランシャリオ」という愛称がついている。やわらかな間接照明や分厚い肉質の椅子《いす》、それに、じゅうたんが豪華さを出している。

三人は、七千円のAコースを頼んだ。それに、直子はビール。

運ばれて来たフランス料理は、なかなかのものだった。直子は、緊張してはいたが、楽しく味わうことができた。

この食堂車は、午後九時三十分からは、パブ・タイムとしてウイスキー、コニャック、ワインなどが出るということだった。

ひろ子は、やはり食欲がないといい、途中で席を立ち、自分の部屋に帰ってしまった。

母親の敬子がおろおろして、自分も戻ろうとするのを、直子は、引き止めた。

「まだ、夜明けには、時間があるわ」

「でも、心配で――」

「大丈夫。ときにはひとりにしてあげないと、息苦しくなってしまうわ」

と、直子はいった。が本当は、敬子からいろいろと聞きたいことがあったからだった。

列車は、宇都宮《うつのみや》を過ぎて、次の停車駅の郡山《こおりやま》に向かっている。

「ねえ。本当の理由を聞かせてほしいんだけど」

と、直子は敬子に小声でいった。小声になったのは、うしろの席に、カップルが腰を下ろしていたからである。こんな席で死について喋《しゃべ》っていたら、訝《いぶか》しまれるだろう。

「本当の理由？」

敬子は、娘が戻ってしまった方向に、落着きのない眼をやりながら、おうむ返しにきき返した。

「ひろ子さんがこれだけ思い込むのは、よほどの事情があるからに違いないわ。あなたは、その理由を知っているんでしょう？　それを聞かせてほしいの。わかれば、何か防ぐ方法が見つかるかもしれないしね」

と、直子は相手の眼を見つめながらいった。

「そんなもの、何もないわ」

と、敬子はいう。

「ねえ。敬子さん。何もなくて、ひろ子さんが、十月十日の夜明けに、自分が死ぬと思い込むことはないと思うわ。何か、大変なショックがあって、そのために思い込んでいるんだと思うの。あなたは、母親だから、その理由を知らないはずはないわ。そうでしょう？」

「――」

敬子は、黙ってしまった。

「いえないのは、それが、小田家の恥になるからなの？」

「いいえ。そんなことは――」

「じゃあ、何か、他にあるのかしら？　ひろ子さんだって、普通の若い娘さんに見えるわ。いえ、現代ふうで、背も高いし、美人だし、死ななければならない理由なんか、どこにもないように見える。それなのに、死ぬと思い込むのは、何か理由がなければならないのよ」

「私にも、わからないの。彼女が、勝手に思い込んでいて、それだけに、私は、どうしていいかわからないんですよ」

と、敬子はいった。

が、直子には、信じられなかった。母親が、何も知らないなんて、あり得ないと思う。それに、理由を知っているから、余計、不安なのだろう。

「十月十日の夜明けに、家族の誰かが亡くなったんじゃないんですか？　それを、ひろ子さんは、自分の責任と思い込んでいて――」

と、直子はいった。

敬子は、激しく首を横に振って、

「そんなことありません。娘は、ひろ子一人だし、亡くなった主人は、交通事故なんです。それも一月で、十月十日じゃありませんわ」

と、いった。

その強い否定の調子が、かえって直子に疑惑を持たせた。

(やはり、家族の誰かが、十月十日の夜明けに亡くなっていて、それを、ひろ子が、自分のせいと思い込んでいるみたいだわ)

と、直子は確信を持った。

しかし、ひろ子本人か、母親の敬子が話してくれないと、真実がわからないし、どうして、ひろ子の死を防いだらいいのか、わからなかった。

「ロビー・カーに行って、ゆっくりお話をしましょうよ」

と、直子はいった。

3

「二十二歳というところが、核心だと思いますね」

と、亀井が十津川にいった。

「その理由は？」

と、十津川がきく。

「具体的に、二十二歳の十月十日の夜明けと、いっているわけでしょう？　だが、当人は、まだその瞬間を迎えてはいないわけです」

「そうだ」

「二つの考えがあると思うのです。第一は信用絶大な占い師がいて、彼女に、お前は二十二歳の十月十日の夜明けに死ぬといったケースです。彼女が、その占い師を信じていて、二十二歳の十月十日の夜明けになったら、必ず死ぬと思い込んでいる。どうやっても、防ぐことができないと、絶望的になっている。あり得ないことではないと、思いますが――」

と、亀井がいった。

「その場合は、占い師が、よく当たるという前提が必要だね？」

「そうです。調べてみましょう。若い女性は、占いというのを、信じるそうですから」

「第二の場合は？」

「警部もいわれたように、非常に身近な人間が、二十二歳の十月十日の夜明けに死んでいるということです」

「だが、それが、見つからないんだよ。父親は、死亡年齢も、月日も違っているし、一人娘だからね」

「友人ということも、考えられますよ」

と、亀井はいった。

「友人か」

「あるいは、大学の先輩です。何かの事件か事故で、親友か、先輩が亡くなり、そのショックが、今でも彼女を占領しているというケースです」

「なるほどね」

「もう一つは、彼女には、腹違いの姉妹がいるんじゃないかということです。父親は、プレイボーイで有名だったそうですから、大いにあり得ると思うのですよ」

と、亀井はいった。

「なるほどね」

「例《たと》えば、父親が、別の女に産ませた姉妹がいたとします。二人いて、その娘が、二人とも二十二歳になった十月十日の夜明けに、原因不明で死んでいたら、彼女も、ひょっとして、同じ年齢の同じ時刻に死ぬのではないかと、考えてしまうんじゃないでしょうか？　血とか因縁《いんねん》というのは、意外と気になるものですから」

「可能性は、あるね」

と、十津川はいった。

彼は、腕時計に眼をやった。まだ十月九日の昼間である。

小田ひろ子が怯《おび》えている原因がつかめれば、妻の直子が、何とか処置できるのではないかと思った。

「その二つについて、調べてみたいね。カメさん、協力してくれるか？」

「もちろんです。死を未然に防ぐのも、警察の仕事の一つだと思いますよ」

と、亀井はいった。

十津川は、亀井と、もう一人、若い西本《にしもと》刑事にも手伝ってもらって、亀井がいった二つの可能性について、調べてみた。

第一は、東京の有名な占い師に当たることだった。

現代は、占いブームである。著名な占い師は、みな多忙だった。が、会ってくれた占い師は、いい合

わせたように、

「いくら、占いに出ても、相手の死についてはいいませんよ」

と、いった。

ただ、その中の一人、岳水《がくすい》という初老の占い師は、

「二十二歳の誕生日の十月十日ということに、記憶がありますね」

と、いった。

「若い女性が、聞きに来たんじゃありませんか？」

と、十津川がきいた。

「そうです。あれは三ヵ月ほど前でしたかね。若い娘さんが訪ねて来て、自分は、二十二歳の誕生日の十月十日に死ぬ運命だが、それが、顔や手相に出ているかと、きかれたんですよ。奇妙な質問だったので、覚えているんです」

「なぜ、そんなことをきくのか、理由をききましたか？」

と、十津川はきいた。

「いや、それをきくのは、占い師として、マイナスになりますからね。おそらく、身内の不幸に関係があると睨《にら》みました」

「それで、何と答えられたんですか？」

と、亀井がきいた。

「人の死については、何も申し上げられないといいましたよ」

「しかし、占いは、されたんでしょう？」

「あまりに、熱心にきかれましたのでね」

「占いには、どう出ていたんですか？」

と、若い西本が、興味を感じたらしく、首を伸ばすようにしてきいた。

岳水は、微笑して、

「大丈夫と出ていましたね。怖いのは、むしろ、彼女自身が思い込んで、自分を傷つけることです」

と、人生相談ふうのいい方をした。

次は、彼女に、腹違いの姉妹がいるのではないかということである。

父親である小田が、認知していなかったとすると、探すのは骨である。

十津川たちは、小田が関係した女たちを探して歩いた。

まず、同業者仲間に会って、女の名前をきき、訪ねていく。

その結果、小田は、さまざまな女性と関係していたのがわかった。

秘書だった女、クラブのママ、新人タレント、そして芸者といった女性である。

その中に、女の子を作った女性がいないかどうか？

ありがたいことに、彼女たちは、他の女についてよく知っていた。

その結果、クラブのママだったという女性との間に、子供がいたことがわかった。

それを教えてくれたのは、昔、新橋《しんばし》の芸者で、現在、クラブをやっている女性である。

「その娘の名前は、確かみどりで、新聞に出ましたよ」

と、十津川にいった。

「何で、新聞に出たんですか？」

「火事で亡くなったんですよ。逃げおくれて、死んだんじゃありませんでしたかねえ」

と、いう。

「それは、いつですか？」

「去年の十月頃だったかしら」

と、いう。

「亡くなった娘さんですが、二十二歳じゃありませんでしたか？」

「さあ、知りませんけど、いい娘さんだったようですよ」

と、いった。

十津川たちは、早速、去年の十月の新聞縮刷版を調べてみることにした。

4

問題の新聞が、見つかった。

十月十一日の朝刊である。

〈十月十日の午前四時頃、豊島《としま》区目白《めじろ》×丁目のマンション「ヴィラ・トシマ」９０３号室から出火し、この部屋に住んでいた川西《かわにし》みどりさん（二二）が、逃げおくれて焼死した。前日から、遊びに来ていた友人の小田ひろ子さん（二一）は、全治一カ月の火傷《やけど》をしたが、無事だった〉

他の朝刊には、こんな記事も出ていた。火事の報道は、同じだったが、助かった小田ひろ子の談話というのが、載っているのである。

〈『みどりさんは、いったん、部屋の外に逃げたのに、私を助けるために引き返し、煙に巻かれてしまったんです。私の身代わりに亡くなったんです』と、小田ひろ子さんは、半狂乱で語った〉

「見つけましたね」

と、亀井が嬉しそうにいった。

「見つけたね」

と、十津川もうなずいた。

新聞には、友人となっているが、実際には、異母姉妹だし、そのことは、おそらく、二人とも知っていたに違いない。

十津川は、さらにくわしく、この事件を知りたかったので、夜半に近かったが、豊島消防署に車を飛ばして、この火事について聞くことにした。

「ああ、この火事のことは、よく覚えていますよ」

と、署員の一人がいった。

「女性二人がいて、一人が死亡していますね？」

「そうなんです。それと、助かった女性が、半狂乱になっていたので、よく覚えているんですよ」

「火事の原因は、何だったんですか？」

「ガス漏《も》れですね。それに引火したために、あっという間に、部屋が火の海になったんです」

「助かったのが、小田ひろ子という女性で、もう一人は、彼女を助けようとして、死んだということですが？」

「そうなんです。助かった娘さんは、本当に半狂乱になっていましてね。遊びに来て、自分は寝ていた、といってました。部屋の主は、いったん逃げたが、彼女が寝ているのを思い出し、火の中に飛び込んで助けたが、力つきて、死んでしまったんです」

「それで、助かった女性は、自分の身代わりになったと――？」

「ええ。うわ言《ごと》みたいに、そういっていましたよ」

「二人は、友人ということですが」

と、十津川がいうと、相手は、去年の日誌を取り出して来て、

「亡くなったのは、川西みどり二十二歳で、助かったのは、小田ひろ子二十一歳ですね。友人となっています」

「ひろ子さんも、全治一カ月の火傷ということですが」

「ええ。毛髪は、焦《こ》げていたし、手足にも、火傷を負っていましたよ。泣き叫ぶのを、無理矢理、病院に運んだんです」

「具体的に、彼女は、話したんですか？　自分が助けられたときの状況ですが」

「翌日になって、落ち着いてからね」

と、署員はいった。

「その説明を、聞かせてくれませんか」

と、十津川は頼んだ。

「彼女の説明によると、こうです。彼女は、前日の十月九日の夕方、遊びに来て、女二人でビールを飲み、眠ってしまった。火事になったのを知らずに寝ていた。みどりは、すぐ逃げ出したが、友人の彼女がいないのに気がつき、引き返した。彼女が起こされたときは、眼の前が炎で真っ赤だった。他人の部屋なので、どう逃げたらいいかわからずに、まごついていると、みどりが、彼女を突き出すように、部屋の外へ逃がしてくれた。しかし、そのあと、みどりは力つきて、焼死してしまったというのです。それで、自分の身代わりに死んだと、思い込んでいるみたいでした」

「焼死した川西みどりには、昔、クラブのママだった母親がいたはずなんですが、彼女のことは、何かわかっていませんか？」

と、十津川はきいた。

「母親は、彼女が高校一年のときに、亡くなったそうです」

「というと、七年前ですね？」

「そうですね」

「すると、そのあとは、誰が、彼女の面倒を見ていたんですか？」

「それですが、父親が、あれこれ面倒を見ていたようです」

「父親というと、小田興業の社長ですか？」

「なぜ、ご存じなんですか？」

「いろいろと調べましてね」

と、十津川はいった。

消防署員は、うなずいてから、

「私も気になっていて、葬式に参列したのですが、小田誠一郎さんの友人という人が見えて、少しだけお話ししました。それによると、小田さんというのは、プレイボーイとして有名だったが、みどりさんをとても可愛がっていて、ずっと援助をしてきたというのです。学費はもちろん、あのマンションも買い与えたし、大学に入ったときには、車もプレゼントして、とても楽しそうだったそうですよ。また、みどりさんの名義で、土地も買っておいたとも聞きました」

「それだけ、可愛がっていたということですね」

「そうでしょうね。写真を見ても、美人で、魅力のある娘さんでしたよ。母親似だということでしたね。ああいう娘さんが、早く死んでしまうんですねえ」

と、消防署員は小さな溜息をついた。

「出火は、十月十日の午前四時頃というのは、間違いありませんか?」

「正確には、四時十五分ですね。だから、夜明け近くと書いた新聞もありましたよ」

「あなたから見て、助かった小田ひろ子というのは、どんな娘でしたか?」

と、十津川はきいてみた。

「そうですねえ。一回、それも、彼女が火傷して、入院しているときに、事情聴取のため、会っただけですが、多少、エキセントリックな娘さんだと、思いましたね」

「なぜですか?」

「助けられたとき、彼女は、友人が死んで、半狂乱でしたが、入院したあとも、私の顔を見ると、その友人は、自分の身代わりになったと、泣いていましたからね。看護婦の話でも、申しわけないといって、五階の窓から身を投げようとしたそうです」

と、消防署員はいった。

十津川は、腕時計に、眼をやった。

午後十一時三十分になろうとしている。

(「北斗星5号」は、間もなく仙台に着くな)

と、十津川は思った。

二三時三二分、仙台着で、二分停車したあと、二三時三四分に発車する。

そのあと、「北斗星5号」は、函館まで停車しないのだ。

いや、正確には、運転停車があるから、無停車ではない。

「北斗星5号」についていえば、海底トンネルに入る前に、青森信号場に停車し、機関車を取りかえる。

これが、午前四時過ぎのはずだが、乗客の乗り降りはないので、時刻表には載っていないのである。

おそらく、乗客は、まだ眠っているだろう。

(午前四時過ぎか)

十津川は、急に表情をこわばらせた。

ひろ子の異母姉、みどりの死亡が、午前四時過ぎだったことを、思い出したからである。

これは、偶然の符合かもしれないが、午前四時という時間が気になった。

(直子は、ひろ子の異母姉のことを聞き出しているだろうか？)

と、思った。

聞いていれば、直子のことだから、何とか対策を講じるだろう。

(何とか、知らせてやりたいが)

と、十津川は思った。

相手が、新幹線に乗っているのなら、電話をかけられるが、「北斗星5号」の電話は着信ができないので、電話して、知らせるわけにはいかない。

十津川は、時刻表に眼を通してみた。

三分前に、「北斗星5号」は、すでに仙台を出てしまっている。

そして、次の函館着は、翌十月十日の午前六時三八分である。

十月十日の夜明けに、何か起きるとすれば、函館に着いたときには、もう終わってしまっているだろう。

それまでに、連絡したい。

十津川は、亀井を連れて、上野駅に急行した。

午前零時になっていた。

駅長に会って、

「『北斗星5号』の乗客に、連絡したいんですが、可能ですか?」

と、きいた。

「列車無線を使えば、連絡できないことは、ありませんよ」

と駅長はいった。

「しかし、それで、直接、私が乗客に、話しかけられるわけじゃないでしょう?」

十津川がきくと、駅長は、うなずいて、

「もちろんです。こちらから、列車無線で、『北斗星5号』の運転手に連絡します。それを車内の連絡用インターホンで、車掌に伝える。車掌が、それを乗客に伝えるという形になりますね」

「とにかく、正確に、伝えなければならないんですよ。できれば、ファックスで送って、それを乗客に渡してほしいんですがね」

と、十津川はいった。

「それなら、途中の駅に、ファックスで送っておいて、停車したとき、それを車掌が受け取り、乗客に渡すことにするより、方法がありませんね」

「途中の停車駅というと?」

「函館駅ということになると思いますが」

と、駅長がいった。

「いや、それでは、間に合わないんです。できれば、午前四時までに知らせたいんですよ」

十津川がいうと、駅長は、「弱りましたね」と、呟いてから、助役の一人を呼んで、

「何とか、ならないかね？」

と、きいてくれた。

「仙台を出たところで、あとは、函館まで、停車しませんからね。もちろん、そこまでの途中の駅で、臨時停車させることはできます。駅の信号を赤にすればいいんです。だが、それには、それだけの理由が必要です」

と、助役はいった。

理由——といわれて、十津川は、困惑した。

二十二歳の若い女の妄想が、果たして列車を停めるだけの理由になるだろうか？

しかも、必ず何かあるとは、限らないのだ。

いや、何も起きない可能性のほうが高い。妄想とは、そんなものだ。

だが、十分の一ぐらいの割合で、何かが起きる可能性もある。例えば、ひろ子が自殺するといった可能性である。

十津川は、亀井と顔を見合わせた。事実をいったら、どうなるだろうか？

たぶん、そんなことで、列車は停められませんといわれるに違いないと、十津川は思った。

「無理でしょうね」

と、亀井も小声でいった。

警察に置きかえれば、はっきりする。どこかの家庭で、うちの子供が、何月何日に死ぬといっているので、その日一日、見張ってほしいと頼まれたら、どうするか？　警官やパトカーを派遣する代わりに、精神科医に診《み》てもらいなさいというだろう。

と、いって、十津川は、ウソはつけなかった。

あとになって、問題化することは、眼に見えているからである。その場合、警察全体が批判されることになってしまう。

「『北斗星5号』は、青森信号場に、運転停車しますね?」

と、十津川は助役にいった。

「ええ。機関車の交換のために、停車します」

「そのときに、伝えてもらうことは、可能ですか?」

「できると思います。まだ、四時間は余裕がありますから」

と、助役はいった。

十津川は、今までにわかったことを書き、それを、青森駅に、ファックスで送ってもらうことにした。

宛先は、同じ列車に乗っている妻の直子である。間に合うかどうかわからないが、十津川は、他に方法が見つからなかったのだ。

5

「北斗星5号」は、盛岡《もりおか》駅を通過した。

直子たちは、6号車、ロビー・カーにいた。

一部は、シャワー・ルームになっているが、一両の大半がロビーである。四人掛けのソファが四つと、一人用の回転椅子が十二置かれていて、飲みものとおつまみの出る自動販売機が備えつけてあるので、ビールを飲みながら、外の景色を楽しんでいる乗客が多い。

ひろ子をひとりだけにしておくのは心配なので、直子が、無理矢理、ロビー・カーに連れてきたのである。

直子はビールを飲んだが、小田母娘のほうは、何も飲まずに、じっと窓の外の夜景を見つめている。いや、正確にいえば、じっと見つめているのは、ひろ子のほうで、母親の敬子は、それをおろおろしながら、見守っているといったほうがいいだろう。

直子は、心配も心配だが、次第に腹も立ってきた。

敬子は、娘のことが心配だから、一緒に来てくれと頼んだのである。それなら、何もかも話してくれればいいのに、いっこうに本当のことを話してくれない。それに、いらだつのである。

窓の外は、すでに漆黒《しっこく》の闇だった。

ときどき小さな駅の明かりが眼に飛び込んでくるが、それは、あっという間に飛び去って、また闇が広がる。

東京の周辺を走っていると、絶えず、家の灯《ひ》が見えるのだが、この東北では、ぽつん、ぽつんとしか見えて来ないのだ。

（あの娘《こ》は、どんな気持ちで、この闇を見つめているのだろうか？）

と直子は、ひろ子の横顔に視線をやった。

怖いほど、かたい表情に見える。

何かを思いつめている顔だと思う。知りたいのは、その中身と、なぜ思いつめているのかということだった。

（一番怖いのは、自殺だけど——）

と、思う。

突然、「わッ」と声をあげて、ひろ子が、テーブルに突っ伏した。

ロビー・カーにいた他の乗客が、呆気《あっけ》にとられている。

母親の敬子は、慌《あわ》ててひろ子の肩に手をやって、

「どうしたの？　どうしたの？」

と、叫んでいる。

ひろ子は、突っ伏したまま、激しく肩をふるわせて、泣き出した。

「部屋に連れていったほうがいいわ」

と、直子は声をかけ、敬子と二人で抱えるようにして、ひろ子を3号車のロイヤル・ルームに運んで行った。

ひろ子は、その間、泣きながら、

「死にたいの！　死なせて！」

と、叫び続けた。

その声で、車掌がびっくりしたらしく、飛んで来た。

「どうされたんですか？」

と、直子たちに声をかけた。

「何でもありません。すいません」

と、敬子は蒼《あお》い顔でいい、ロイヤル・ルームにひろ子を押し込むようにした。

通路に残った直子に、車掌が、

「本当に、大丈夫なんですか？」

と、心配そうにきいた。

直子は、部屋の様子に、耳をそばだててみた。ひろ子の泣き声がやんでいるところをみると、何とか、母親がなだめているのだろう。

「大丈夫ですわ」

と、直子は車掌にいった。

「どうしたんですか？　ひどく泣いていたようですが」

「若い娘さんですから、ちょっとしたことに、興奮してしまうんです。もう、おさまったようです」

「それならいいんですが――」

車掌は、そういって、乗務員室のほうに消えていった。

直子は、通路に人の気配がなくなったのを確かめてから、ドアをノックした。

敬子が、ドアを細めに開けた。

「どう？」

と、直子は小声できいた。

敬子は、青ざめた顔で、

「何とか、おさまったんですけど、思いつめてるみたいで、心配なの」

「今、話せます？」

「さあ、ひろ子が――」

と、背後を気にしていた。

「話せたら、何もかも打ち明けてほしいわ。お嬢さんが死にたいと口走るのは、よほどの理由があるからなんでしょう？　あなたは、その理由を知っているはずだから、私にも教えてほしいわ」

と、直子はいった。

「あとで、話します」

と、敬子はいった。

「できれば、夜明け前に話してね」

と、直子はいい、いったん自分の部屋に戻った。

その直子の耳には、まだ、ひろ子の激しい嗚咽《おえつ》がひびいていた。

6

「北斗星５号」が、停車した。

青森信号場での運転停車である。

直子は、眠る気にはなれず、自分の部屋で、じっと窓の外を見つめていた。

（間もなく、夜明けになるわ）

だが、まだ、敬子は、話しに来てくれない。

ドアがノックされたので、彼女かと思って、顔を出すと、車掌がいて、

「失礼ですが、十津川直子さまですか？」

と、きく。

直子が、うなずくと、

「ご主人からの伝言が、届いています」

と、車掌はいい、ファックスされたものを渡した。

なるほど、夫の筆跡である。

直子は、礼をいい、寝台に腰を下ろして、それに眼を通した。

〈小田母娘の件につき、わかったことをお知らせします――〉

と、いう書き出しだった。

〈他人行儀な文章――〉

と、直子は、微笑しながら、読んでいったが、ひろ子の異母姉の焼死のところへくると、さすがに真剣な眼になった。

読み終わったとき、直子は、謎が解けた、ほっとした気分と同時に、それでは、自分を責めるあまり、自殺の衝動に、かられるかもしれないという不安も感じた。

直子が、急に怯えた眼になって、立ち上がったとき、ぐらりと揺れて、停車していた列車が動き出した。

機関車の交換が終わって、「北斗星5号」が、いよいよ、青函トンネルに向かって走り出したのだ。

おそらく、青函トンネルを抜けると、夜明けだろう。

だが、今の、四時過ぎも、そろそろ夜明けに近いし、問題の、火事の時間にあたる。

直子は不安になり、小田ひろ子のいるロイヤル・ルームをノックしてみた。

返事がない。

ひろ子の他に、母親の敬子もいるはずだった。それなのに応答がない。

とっさに、「母娘心中」という言葉が、直子の頭にひらめいた。

直子は、乗務員室に飛んでいき、さっきの車掌に、

「ロイヤル・ルームを開けてください！」

と、叫んだ。

「どうしたんです？」

と、車掌がきく。直子は、説明するのが、もどかしいので、

「中で、人が死んでるかもしれないの。とにかく、開けて頂戴《ちょうだい》！」

と、いった。

車掌は、その勢いに押された格好《かっこう》で、

「さっきの方ですね」

と、いいながら、磁気カードで、ロイヤル・ルームのドアを開けてくれた。

直子は、車掌を押しのけるようにして、部屋に飛び込んで、「あッ」と、悲鳴をあげた。

眼の前が、血の海だったからだった。

ベッドも床も血が飛び散って、赤く染《そ》まっていた。

直子の背後から、覗《のぞ》き込んだ車掌も、立ちすくんでしまっている。

（しっかりしなければ――）

と、直子は自分にいい聞かせ、眼を大きく見開いた。

床に、小田母娘が折り重なるようにして、倒れている。

直子は、列車の中ということを忘れて、車掌に、

「救急車を呼んで！」

と、叫んでしまった。

「とにかく、次の駅で停車して、医者を――」

車掌が、声をふるわせていった。

列車は、青函トンネルの手前の蟹田《かにた》駅で臨時停車し、救急車が駆けつけた。

応急手当てをして、病院に運ばれたが、母親の敬子のほうは、出血多量で死亡し、娘のひろ子は、意識不明だった。

直子も、病院までついていった。

医者は、直子に向かって、

「娘さんは、何とか助かりそうですよ」

と、いった。

「意識は、まだ、戻りませんか？」

「しばらく、静かにしておいてあげてください。手首を切っているし、死にかけたんですから」

と、小柄な医者は、直子にいった。

直子は、待合室で、ひろ子が、気がつくのを待つことにした。

間もなく、夜が明ける。

直子は、ロイヤル・ルームの血の海の中に落ちていたナイフのことを思い出していた。

べっとりと血のついたナイフである。

あれで、ひろ子は、自分の手首を切って自殺を図《はか》り、母親の敬子は、自分を刺して、死亡したのだろうか？

今頃、青森県警が現場検証をしているだろうが、二人のうちの一人が死亡してしまい、もう一人は、意識不明では、ロイヤル・ルームで何があったのか、想像するのも難しい。

直子が考え込んでいるうちに、窓ガラスの向こうが明るくなってきた。

看護婦の声が、聞こえてくる。

パトカーのサイレンの音がして、どかどかと、青森県警の刑事たちが入ってきた。

七人ほどの男たちである。

受付で何かきいていたが、その中の二人が、直子のところへやってきて、

「あなたが、十津川直子さんですか？」

と、訛《なま》りのある声で聞いた。

「ええ」

「じゃあ、今度の事件のことを、話してくれませんか」

と、いう。

直子は、母親の小田敬子と知り合ったいきさつから話し、娘のひろ子が、二十二歳の十月十日の夜明けに、自分は死ぬと思い込んでいたこと、「北斗星５号」の中での母娘の様子を説明し、夫の十津川から送られてきたファックスも相手に見せた。

「警視庁の警部さんの奥さんですか」

と、相手は急に改まった口調になり、二人でファックスを読んでいたが、

「なるほど、小田ひろ子は、異母姉が死んだのは自分のせいだと思い込み、その責任感に苛《さいな》まれていたということになりますね」

「ええ」

「それで、同じ十月十日の夜明けに、自殺を図ったということですか？」

「かもしれませんけど、母娘でロイヤル・ルームに入っていたので、何があったか、正確にはわからないんです」

と、直子はいった。それが事実だった。一人の人間が死んでいるのだから、推測だけで、断定はできない。

「母親は、それを止めようとしたんですかね？」

と、県警の刑事はまだきいてくる。

「それは、小田ひろ子さんが、意識を取り戻したら、おききになってください」

と、直子はいった。

7

午前九時を過ぎて、やっと小田ひろ子が、意識を取り戻した。

しかし、しばらくは、半狂乱で、事情をきくことができず、県警の刑事たちも、病室の外で待つより仕方がなかった。

何とか、ひろ子が、話をするようになったのは、さらに一時間後だった。

刑事たちが、まず事情をききたいというので、直子は、待合室で待つことになった。

さすがに疲れが出て、眠くなってくる。うとうとしかけたとき、ふいに肩を叩《たた》かれた。驚いて、見上げると、夫の十津川が立っていた。

十津川は、直子の横に腰を下ろすと、

「君からの連絡を受けて、今、飛行機で着いたんだよ。ひどいことになったらしいね」

「ずっと、あの母娘に、ついていればよかったんだけど――」

と、直子はいった。

「それは、仕方がないさ。何といっても、君は、あの母娘にとって、他人だからね。それで、今はどうなっているの？」

「ひろ子さんが意識を取り戻したので、青森県警の刑事さんたちが、事情をきいているわ」

「君の考えは、どうなんだ？」

と、十津川がきいた。

「私の？」

「ああ。君は、二人と話をしているんだし、女同士ということで、私なんかより、よくわかるんじゃないかな」

と、十津川はいった。

「そうね。あの娘さんは、すごく感情の起伏の激しい女性だと思うの。だからこそ、十月十日に自分が死ぬと、思い込んでいたんじゃないかしら？　自分が死ぬというより、死ななければいけないとね」

「去年、異母姉を、自分の身代わりに死なせているから？」

「ええ」

「なるほどね」

「『北斗星５号』の車内でも、突然、死にたいと叫んで、泣き出したりしたわ」

「そのとき母親のほうは、どんな様子だったね？」

「もう、おろおろしてしまって、自分が代わりに死んでやりたいといってるみたいだったわ」

「なるほどね」

と、十津川がうなずいたとき、青森県警の刑事たちが病室から降りてきた。

その中の一人が、十津川に近寄って、

「県警の山田《やまだ》です」

と、自己紹介した。

「小田ひろ子さんは、どんなことを、喋ったんですか？」

と、十津川は山田にきいた。

「最初は、半狂乱状態で、死にたい、死なせてくれと、わめいていましたがね。どうにか、少し落ち着いて、事情を話してくれました。彼女には、腹違いの姉がいて、その姉が、去年の十月十日の夜明けに、焼死しているそうです」

「名前は、みどりです」

「ファックスに、そう書かれていましたね」

「やっと、調べ出したことです」

「その姉は、自分を助けようとして、焼死した。そのときから、小田ひろ子は、同じ時刻に、自分も死ぬ、いや死ななければならないという強迫観念にとらわれたようです。今日、その時刻が近づいたとき、彼女は、ナイフで自分の左手首を切ったんです」

「そのナイフは？」

と、十津川がきいた。

「近所で買ったか、自宅から持ってきたのかだと思うんですが、彼女は、覚えてないというんです」

「左手首を切ったあと、どうなったんですか？」

「彼女は、右手の手首も、切ろうと思ったというんですが、そのとき、母親が気づいて、慌ててナイフをもぎ取ろうとした。ひろ子が取られまいとして、必死で争っているうちに、二人は床に倒れ、突然、母親が悲鳴をあげたというのです。そのとき、ナイフが母親の腹に刺さったんじゃありませんかね。大変なことになった、助けを呼ぼうと思ったが、彼女も左手首を切って、血が流れ出ていたので、そのうちに、気を失ってしまったといっています」

「その直後に、君と車掌が、飛び込んだわけだね」

と、十津川は直子を振り返った。

「そうだと思うわ」

と、直子が応じた。

「それで、青森県警としては、この事件をどう見ておられるんですか？」

十津川は、山田にきいた。

「そうですねえ。最初は、『北斗星5号』の車内で、人が殺されたと聞いたときは、てっきり殺人事件と思いました。しかし、どうやら、違うようですね。強《し》いていえば、事故でしょうか。それとも、無理心中崩れといったらいいのか」

「無理心中崩れ――？」

「そうです。うちの課長も、いっていたんですが、死んだ母親は、必死で娘を助けようとしたとき、自分が死んでも構わないと思ったんじゃないか。とすると、無理心中の変形じゃないかといいましてね」

「うまいこと、おっしゃるわ」

と、直子が感心したようにうなずいた。が、十津川は、難しい顔になっていた。

「すると、釈放ですか？」

と、きいた。

山田は、うなずいて、

「全治したらということですがね。亡くなった母親以上に、彼女は、傷ついたと思いますよ。そのほうが心配です」

と、いった。

山田が病院を出て行くと、直子は、それを見送ってから、

「あなたは、何を考えていらっしゃるの?」

と、十津川にきいた。

「外へ出て、話をしよう」

と、十津川はいった。

二人は、病院の外に出た。近くを、JRの線路が走っている。

上りの列車が、轟音《ごうおん》を立てて、通過して行くのを見送ってから、十津川は、

「偶然が、重なり過ぎるんだよ」

と、いった。

「どういうこと?」

歩きながら、直子がきいた。

「去年の十月十日、彼女は、異母姉のみどりと火事に遭《あ》い、異母姉は死んだが、彼女は、危うく助かった。一年後の十月十日、今度は母親が死んだが、彼女は、またしても、一命を取り留めた。どう見ても、偶然が重なり過ぎているよ」

と、十津川はいった。

直子は、首を傾《かし》げて、

「十月十日の夜明け近くということが、一致しているのは、彼女が、その日時を強く意識していて、そのときに自殺を図ったからよ。別に、偶然が重なったということじゃないわよ」

「私のいうのは、相手が死んで、彼女が助かっているということさ」

と、十津川はいった。

直子は、急に立ち止まって、十津川を見た。

「あなたは、彼女が、一年前に、異母姉を殺し、今度は、母親を殺したと思ってるの?」

ちょうど、朝陽《あさひ》が、まともに十津川の顔に当たっていて、彼は、眩《まぶ》しそうに、眼をしばたたいた。

「断定はしないが、その可能性はあると思っている

し、可能性があれば、調べなければいけないと考えているよ」

「でも、彼女も、死にかけたのよ。異母姉は、憎かったから、殺したい気持ちもわかるけど、実の母親を殺したくなるかしら？」

「子供というのは、どんなことにだって、腹を立てるものだよ」

　と、十津川はいった。

「例えば？」

「私は、十代の頃、虫歯が多くてね。それを、母親が、甘いものばかり、自分に食べさせたせいだと思い込んで、憎んでいたことがあるんだ。母親にしてみれば、可愛がって、憎まれるんだから、八つ当たりもいいところだが、子供なんて、そんな勝手なものだよ」

「じゃあ、小田ひろ子の場合は？」

　と、直子がきいた。

　十津川は、また歩き出しながら、

「父親は、女にだらしがなくて、家庭を省《かえり》みなかった。それどころか、他の女に子供を産ませて、その子を溺愛《できあい》していた。みどりをね。ひろ子は、父親を憎み、みどりという姉を憎んでいたと思うんだ。ひょっとすると、三年前の父親の事故死も、ひろ子が仕組んだんじゃないかと、私は思っている」

「まあ」

「あり得ることさ。彼女が、父親から可愛がられたという記憶がなければ、憎んだとしても、おかしくはないんだ。父親を事故死に見せかけて殺し、そのあと、ひろ子は、異母姉のみどりに近づき、去年、彼女のマンションで火災を起こし、相手を焼死させた」

「それじゃあ、みどりさんが、彼女を助けようとして焼死したとは、思わないわけね？」

　と、直子がきいた。

「そういう状況を作っておいて、殺したと私は思っているんだよ」

「それで、今度の事件は？」

「ひろ子は、あるいは、一番、憎んでいたのは、母親かもしれないと思うんだよ。父親が女を作り、子供まで作るようになったのは、すべて母親のせいだと思っていたかもしれないからね。彼女が父親を殺し、異母姉を殺したとすれば、最後には、母親を殺したいと、思っていたとしてもおかしくない。その最後の殺人のために、ひろ子は、準備をしていたんだ。二十二歳になった十月十日の夜明けに死ぬんだと、まわりにいいふらすことでね」

と、十津川がいうと、直子は、眉をひそめて、

「よく、まあ、そんな意地悪な見方ができるわねえ」

と、溜息をついた。

8

「私は、刑事で、疑うのが仕事だからね」

「それで、彼女は、どうする気だったと思うの？」

と、直子がきいた。

「母親の敬子は、当然、心配する。去年の事件のせいだと思い込む。ひろ子は、それを利用して、母親を殺すことを、計画していたんじゃないかと思うんだよ」

「どんなふうに？」

「十月十日になれば、母親は、ひろ子が自殺するのではないかと思って、べったりとくっついて離れない。そこで、ひろ子は、おそらく部屋に火をつける気だったんじゃないかと、思うのだ。火をつけて、その中に飛び込んで自殺を図ると、母親も、助けようとして、身を挺《てい》してくる。そして、結果は、彼女

は生き残って、母親が焼死してしまう。助けようとした人間が死ぬことは、よくあることだからね」

「でも、彼女は、そうしなかったわ」

「ああ、そうだ。母親は、自分の家の恥になることだから、誰にも相談せずに、ひとりで悩むと、ひろ子は、読んでいたんじゃないかな。ところが、君に相談した。それで、『北斗星5号』に乗ることになり、ひろ子にしてみれば、少しばかり、計画が狂ってしまったんじゃないかと思うのだよ」

と、十津川はいった。

「でも、事件は、起きたわ」

「そりゃあ、そうさ。ひろ子は、今年の十月十日の夜明けに、自分は死ぬと、いいふらしていたんだから、延期は、できなかったんだ。といって、『北斗星5号』のロイヤル・ルームで、火災を起こすことはできない。そこで、持って来たナイフを使ったんだ」

と、十津川はいった。

「あなたのいうように、母親を殺す気だったら、最初に自分の手首を切ったりはしないわね？」

「ああ。おそらく最初に、ひろ子は、いきなり、ナイフで母親の腹を刺したんだと思うね。血が噴《ふ》き出し、周囲が血の海になってから、ひろ子は、自分の手首を切ったんだよ。君が心配して、見に来るのを見越してね」

「そうね。私は心配になって、見に行ったわ」

「そして、間一髪《かんいっぱつ》、ひろ子は、命を取り留めた」

「わからないわ。彼女が、そんな恐ろしい女だなんて、信じられないもの」

直子は、小さく、首を振った。信じられないというより、信じたくないのだろう。

「私だって、こんなことは、考えたくないさ」

と、十津川はいってから、続けて、

「しかし、今や、孤独な小田ひろ子は、使いきれないほどの財産を手に入れたんだ。それを、誰にも気がねせず、自由に使える身分になったんだ」

「そのために母親まで殺したというの？」

「いや、今もいったように、動機は、憎しみだったと思う。だが、結果的に、彼女は、二十二歳の億万長者だよ」

と、十津川はいった。

「そうね」

と、直子は呟き、しばらく黙って歩いていたが、

「あなたのいう通りだとしても、それを証明できるかしら？」

と、十津川にきいた。

「証明ね」

「青森県警も、これは事故だと決めつけてるわ。無理心中の変形だって。殺人と証明できるの？」

と、直子がきいた。

「わからないが、ひろ子の計画は、君によって、変更を余儀なくされたはずなんだ。今もいったけど、彼女は、自宅で火事を起こし、母親を焼死させようと、計画していたんだと思うね。それが、一番、世間を納得させられると、思っていたろうからだ」

「一年前に、異母姉を火事で死なせてしまったことが、深く彼女の心を傷つけていて、同じ十月十日の夜明けに、発作的に家に火をつけ、自殺しようとしたが、母親に助けられてしまった。そのとき、母親は、力つきて死んだというストーリーね」

「そうだよ。母親の敬子と君が、『北斗星５号』に乗せてしまったので、このストーリーが狂ってしまったんだ。といって、彼女は、今年の十月十日の夜明けに死ぬと、いいふらしていたから、この時間は変更できない。もう一度、計画を練り直して、別の日にということにしたら、殺人と見破られてしまうし、去年の事件まで、疑われてしまうからだよ」

「でも、『北斗星５号』の車内で、彼女は、うまく

やったわ」

「あるいはね。だが、ミスをしているかもしれない。私としては、何とかそれを見つけ出したいんだ。今もいったように、彼女は、計画通りではないことをしたんだから、何か、小さなミスをしたはずだと思うし、火災なら灰になってしまうようなものが、残っている可能性があるからね」

「それに、彼女は入院しているから、証拠湮滅《いんめつ》は図れないわ」

「そうなんだ」

と、十津川はうなずいた。

9

問題の車両は、切り離されて、青森駅の待避線に停めてあった。

十津川は、電話で亀井も呼んだ。

午後の第一便で着いた亀井と十津川は、青森県警の了解を得て、現場であるロイヤル・ルームを念入りに調べてみた。

「ひどいものですね」

と、亀井はひと目で眉をひそめた。

血は、茶褐色に変色していたが、かえって、惨劇の凄《すさ》まじさを示しているようだった。血の匂いも消えていない。

「県警は、殺人の線はないと、決めてしまっているがね」

と、十津川は血で汚れたベッドや床を見まわしながらいった。

「つまり、われわれは、小田ひろ子の証言と違うものを見つけ出せば、いいわけですね？」

「その通りさ。彼女の証言によれば、このロイヤル・ルームに母親と二人でいた。十月十日の夜明けには、死ぬのだという強迫観念を持っていて、とっさに持って来たナイフで、自分の左手首を切ってしまった。母親が驚いて、そのナイフを取りあげようとする。もみ合っているうちに、そのナイフが母親の腹部に突き刺さってしまった。慌てて抜き取ると、血が噴出して、まわり一面が血の海になった。助けを呼ぼうとしたが、自分も、血が流れ出ているので、気を失ってしまった。これが、小田ひろ子の証言だよ」

と、十津川はいった。

「問題のナイフは、どうなったんですか？」

「県警が、調べたよ。刃《え》には、二人の血がついていたし、柄にも、二人の指紋がついていた。小田ひろ子の指紋のほうが、上だったが、これは、彼女の証言に合っているんだ。ナイフを奪い合っていて、母親の敬子の腹に突き刺さってしまい、それを慌てて抜き取ってから、気を失ったと、いっているんだからね。柄の表面の一番上に、ひろ子の指紋がついていて当然なんだ」

「ナイフの指紋は、駄目ですか」

亀井が、ちょっと残念そうにいった。

ロイヤル・ルームには、ひろ子のスーツケースがそのまま残っていた。

中を調べてみたが、着がえや洗面具などが入っているだけで、彼女の犯意を証明するようなものは、見つからなかった。

ハンドバッグもあったが、同じだった。財布、化粧道具、キーホルダーなどが入っているだけである。

二人は、部屋の中を隅から隅まで調べてみた。

飛び散っている血は、小田ひろ子と母親の敬子のものである。それをいくら詳細に調べても、殺人の証拠は、見つからないだろう。

「これは、駄目ですよ」

と、亀井がいった。

「駄目かね」

「ええ。片方が死んでしまっていては、難しいですね」

「無理かな」

十津川は、小さく溜息をついた。

どこかに、ミスはあるはずだと思ったが、母親を刺し、自分の手首を切るといった単純な行為のため、それが殺人だったと証明することは、かえって難しくなってしまっているのだ。

十津川は、隣りのシャワー・ルームに入ってみた。

こちらは、もちろん、血は飛び散っていない。三面鏡、格納式の洗面器に、トイレ、そしてシャワー。

亀井も、入ってきて、

「何かありますか?」

「いや、こちらは、惨劇とは無関係だと思うんだがね」

と、いいながら、十津川は洗面器を引き出した。

ステンレスが、鈍く輝やいている。

「なかなか便利に出来ているよ」

と、十津川は、小さいが機能的な洗面器を見ていたが、急に亀井に向かって、

「すぐ、県警の鑑識に来てくれるように、頼んでくれ!」

と、怒鳴った。

「どうされたんですか?」

「この縁《ふち》のところに、血痕らしいものがついているんだよ」

と、十津川はいった。

それは、よく見なければ、見すごしてしまうような小さなしみだった。

光線の具合で、見えたり、見えなかったりするほどの小さなものである。

県警の鑑識が飛んで来て、調べてくれた。

「これは、血痕ですよ」

と、いう。

「それでは、血液型を調べてください」

と、十津川はいった。

夜になって、その血液型は、Ｂ型とわかった。

十津川の顔に、微笑が浮かんだ。

彼は、亀井と、小田ひろ子の入院している病院に出かけた。

直子が待っていて、待合室で会った。

「やはり、小田ひろ子の犯行だったよ」

と、十津川は妻にいった。

「シャワー・ルームの洗面器に、母親の血痕が、かすかにだが、ついていたんです」

と、亀井がいった。

「それが、なぜ、ひろ子さんの犯行の証拠に？」

と、直子がきく。

「洗面器に、血痕があったということは、誰かが、身体についた血を洗ったことを意味しているんだよ」

と、十津川はいった。

「それは、わかりますけど」

「母親の敬子が、洗ったとは考えられない。娘のひろ子の自殺を止めようとして、必死だったはずだからね。とすれば、血を洗ったのは、ひろ子ということになる」

「でも、血まみれで、二人は、倒れていたんだから、血を洗う必要なんか、なかったはずよ。彼女の身体に、母親の血がついていても、不思議はないんだから」

「その通りさ。ただ一つだけ、彼女が洗う必要があったケースが考えられるんだよ」

「どんなケース？」

「ひろ子が、最初に、ナイフで母親の腹を刺した。

そのとき、噴出する血が、ひろ子の眼に入ってしまったというケースだよ。彼女は、慌てて、シャワー・ルームに行き、洗面器で顔を洗った。そのとき、もちろん、きれいに洗面器を拭いたろうが、血痕が一滴だけ付着してしまっていたんだ。そのあと、ひろ子は、ベッド・ルームに戻り、母親が死んだのを確かめてから、自分の手首を切ったのさ。それ以外に説明のしようがないんだ」

と、十津川はいった。

最果《さいは》てのブルートレイン

1

途中から、雪になった。

矢代《やしろ》は時刻表から眼をあげ、窓の外に舞っている粉雪を眺めた。

今朝、羽田《はねだ》を発《た》つときは、汗ばむほどの小春日和《びより》だったのだが、さすがに北海道だと思う。

札幌《さっぽろ》から、稚内《わっかない》行の急行「天北《てんぽく》」に乗ったのが、午前一一時一〇分だった。

札幌も晴れていて、さすがに風は冷たかったが、北海道も今年の冬は暖かいのかなと思っていたら、やはり気がつくと、窓の外に粉雪が舞っている。

矢代が、稚内行の急行「天北」に乗ったのは二度目である。

去年の秋、矢代は妻の京子《きょうこ》と、「天北」に乗った。

その時、「天北」は気動車急行で、ディーゼル車両特有の、ちょっと煤《すす》けた、老朽化した列車だった。

それでも、北海道が好きだった京子はニコニコして、車窓に流れる北海道の景色に見とれていたものだった。

その京子は、今年の夏、交通事故で呆気《あっけ》なく死んでしまった。子供も産みたいし、もう一度北海道、特に北の方へ行ってみたいと、京子はいっていたのだが、どちらも果たせないままに、亡《な》くなってしまったのである。

彼女の望んでいた北海道へ行き、もう一度、急行「天北」に乗ってみようという思いもあって、今朝、羽田を発ったのである。

札幌駅で、急行「天北」を待っていると、眼の前に入って来た列車は、「あッ」と思わず声を出してしまうほど、去年の車両とは変わっていた。

ディーゼル機関車が牽引《けんいん》するのは、去年までのあのくたびれた気動車ではなく、特急列車に使われている青い客車だった。

まぎれもなく、ブルートレインである。急行「天北」は、ブルートレインに昇格したのだ。

六両編成のうち四両は、14系の座席客車だが、最後二両は、本物の寝台車である。

もちろん、急行「天北」は、一一時一〇分に札幌を出発し、終着の稚内には一八時一七分に着く昼間の急行なので、寝台は座席にセットされているが、まぎれもなく、寝台特急に使われているのと同じ客車である。

しかも、このブルートレインには急行料金で乗れるし、ごく一部を除いては、自由席である。

もし、京子が生きていたら、無邪気な顔で、

「わあ、トクしたわ！」

と、叫んだろう。

車内は三〇パーセントほどの乗客である。


旭川《あさひかわ》を過ぎて、矢代が煙草に火をつけたとき、急に華《はな》やかな香水の匂いがして、女が隣りの座席に腰を下ろした。

（あれ？）

と、矢代が変な気がしたのは、矢代のいた4号車はガラガラで、他に空《あ》いた座席が、いくらでもあったからである。通路を挟んで二列並んでいる座席だから、何も、矢代の隣りにくっついてすわる必要はない。

太った男でも隣りにすわったのなら嫌だが、若い女性である。変な気がしたが、そのままにしていた。

「助けてください」

と、隣りの女がいった。

小声だったので、矢代はよく聞きとれなく、

「え？」

と、きいた。

「お願いです。助けてください」

今度ははっきり聞こえた。が、何と返事していいのかわからなくて矢代は女の横顔を見た。

その顔はほの白く、透《す》き通るように見えた。

「どうすれば、いいんですか？」

と、矢代はきいた。

「どうって、私にも、わからないんです」

女の声は、かすかにふるえているように思えた。何かを恐れているらしいのはわかったが、初対面の矢代には、わかりようがない。

「それじゃあ、助けようがないな」

と、矢代はいった。多少、腕力には自信があるといっても、雲をつかむような話では、力の貸しようがなかった。

女は落着きのない様子で、ちらちら、車内を見まわしたり腰を浮かしたりしていた。

矢代はそんな彼女を、落ち着かせようとして、

「僕は稚内まで行くんだが、君はどこなの？」

と、きいた。

「え？」

女がきき返したところをみると、矢代の声が、聞こえなかったらしい。

「どこまで行くんです？」

と、矢代は、もう一度きいた。

「私も、稚内です。この列車は、稚内が終点でしょう？」

「そうです」

「それなら、稚内まで行きます」

「変ないい方だな」

「え？」

「終点がもっと先なら、そこまで行くつもりなんですか？」

笑いながらきくと、女は、返事をする代わりに急に立ち上がると、まるで逃げるように、隣りの3号

車のほうへ行ってしまった。

(何だい？　ありゃあ)

矢代は呆《あき》れて、彼女の消えた方を見て呟《つぶや》いた。

2

雪は、降ったりやんだりした。

急行「天北」は、北に向かって走り続ける。列車は良くなったが、肝心《かんじん》のレールの状況は相変わらず悪いので、スピードは遅い。

車内販売でオレンジジュースを買って、窓の外の景色を見ながら飲んでいたが、どうもさっきの女のことが気になって、仕方がなかった。

妙な女だったという印象が強いのだが、それだけに、余計に気になるのかもしれない。

(助けてくれと、いっていたな)

他人《ひと》を、からかっている感じではなかった。

本当に怯《おび》えているように、矢代には見えた。まさかあれが芝居とも思えないし、第一、見ず知らずの矢代の前で、妙な芝居をする必要はないはずである。

(誰かに、追われているのだろうか？)

矢代は、ふらりと立ち上がると、女の消えた方に、通路を歩いて行った。

この「天北」は、最後尾が1号車である。逆に、6号車が先頭車になっている。

3号車に、あの女の姿はなかった。

次の2号車と最後尾の1号車が、寝台客車である。

三段ハネの寝台をたたんで、座席に直してある。この2号車の一番端の寝台を改造して、コンパートメントふうにしてあり、その部分だけがグリーン車ということになっていた。

四人が向かい合って腰を下ろすようになってい

た。座席と座席の間には小さなテーブルが設けられている。夜はもちろん、寝台になるのだろう。

女の姿が2号車にも見えないので、最後尾の1号車へ行ってみる気で2号車のデッキに出ると、そこに、三十歳ぐらいの男が立ちはだかる格好で突っ立っていた。

「ちょっと、どいてくれないか、1号車に行くんだ」

と、矢代は、その男に声をかけた。

「何しに、1号車へ行くんだ?」

男がきいた。ひどく背の高い男で、一九〇センチぐらいはあるだろう。その男が、見下ろすようにして、きく。

「何しに行こうと、僕の勝手だろう」

矢代は、相手を見ていった。

「あの女を追いかけてるのか?」

「あの女?」

「そうだ。彼女を追っかけるのは、やめるんだ」

「別に、追っかけてるわけじゃない」

「じゃ、戻れよ。1号車へ行く必要はないだろうが」

男は、矢代の肩をつかんで、押し戻そうとした。

矢代の顔が、赤くなった。眼が三角になり、

「君は、彼女とどんな関係なんだ?」

と、きいた。

「そんなことは、いう必要はない」

「じゃあ、僕も勝手に通る」

矢代は、身構える姿勢をとった。相手の男も、反射的に身構える。その瞬間、矢代は思いっきり、男の向こうずねを蹴飛ばした。

男が悲鳴をあげて、その場に膝をついてしまった。

「どけよ」

と、矢代が1号車に行こうとしたとき、車掌が顔

を出した。

「何をしているんです？」

と、矢代と男の顔を見比べた。

「こいつが、おれを蹴飛ばしたんだ」

男が、のろのろと立ち上がりながら、車掌にいう。

車掌が、「どうなんですか？」と矢代を見た。矢代は説明するのが面倒くさくて、黙って肩をすくめて見せた。

「困りますね。車内でケンカをしては」

「こいつが、先に手を出したんだ。文句は、こいつにいってくれ」

男はそれだけいうと、1号車に入って行った。

矢代は、車掌の手前、男のあとを追うことができなくなって、4号車の方に引き返した。

空《あ》いている座席に腰を下ろし、煙草に火をつけた。が、やはり女のことが気になった。

助けてくれと、女がいった言葉が、まだ耳に残っている。それに、彼女がどこか、亡くなった妻の京子に似《に》ていたこともある。顔のどこがということはないのだが、雰囲気が似ているとでもいうのだろうか。

（終点の稚内まで行くといっていたな）

それなら、また向こうで会えるだろう。

さっきの男に殺されると思っているのだとしても、まさか他に乗客のいる車内で殺しはしまい。

そう考えると、矢代は少しは呑気《のんき》な気分になって、窓の外の景色に眼をやった。

列車は登りにかかったとみえて、スピードが落ちてきた。

塩狩峠《しおかりとうげ》である。

客車は、美しく快適になったが、牽引しているのがディーゼル機関車だから、やはり、ここの登りは喘《あえ》ぐ感じになる。

矢代は何も知らなかったが、この塩狩峠では、国鉄の車掌が身を挺《てい》して列車を救った事実があり、それが小説にもなっていると教えてくれたのは、亡くなった京子である。

峠を登りきり、今度は下りになって、列車は、また、平地に出た。

和寒《わっさむ》着。一三時四九分。

北海道は、昔アイヌの土地だっただけに、アイヌ語から来た地名が多い。

ここも、アッーサム（ニレの木の傍）の意味だという。京子は、矢代と一緒にこの線を旅したとき、小さな観光案内を持っていて、いちいち、アイヌ語の由来《ゆらい》を説明してくれた。

そういえば、この旭川から稚内への宗谷《そうや》本線には、磁石付きばんそうこうのCMで有名な「比布《ぴっぷ》」という駅があって、京子は喜んでいたものである。

これも、アイヌ語のピーオープ（石の多いところ）から来たものだという。

士別《しべつ》を過ぎ、名寄《なよろ》駅に着いたのは、一四時二五分である。

ここは、宗谷本線、名寄本線、それに、深名線《しんめいせん》の三つの線の合流点である。名寄もアイヌ語なのだが、矢代はその意味を忘れてしまった。

急行「天北」は、この名寄で機関車の交換のために、十二分間、停車する。

塩狩峠で雪が激しくなったが、名寄盆地に入るとやんでしまった。

今頃は、気象の変化が激しいのかもしれない。

名寄駅に着くと、矢代はホームに降りた。

暖かい車内から外に出ると、じーんと、しびれるような空気の冷たさである。

京子と来たときも、ここでホームに降りて、記念写真を撮《と》ったものだった。

五、六人の乗客が降りて来て、伸びをしたり、遠くの山が白く雪をかぶっているのを、写真に撮ったりしている。

札幌から、ここまで、六両の客車を牽引して来たＤＤ51型ディーゼル機関車が切り離され、代わりに、ひと回り小さいＤＥ10型が、連結された。

あの女性は、ホームに降りて来なかった。

3

急行「天北」は、再び北に向かって、発車した。

車窓に、きらきら光る川面《かわも》が近づいてきた。天塩《てしお》川である。

やがて、美深《びふか》に着いた。

ここから、日本一の赤字ローカル線といわれた美《び》幸《こう》線が出ている。いや、出ていたというべきで、現在はバス路線になってしまっていた。

単線なので、美深で上りの急行「天北」と交換する。

上りの列車が入るのを待ってから、矢代の乗った下り「天北」は、先に発車した。

また、窓の外に粉雪が舞い始めた。

矢代は、じっと見つめた。さっきの女のことは忘れて、さらに粉雪が舞うのを見つめ続けた。

妻の京子がもういないのだという思いが、改めて、胸に重くのしかかってきた。

昨日も、この辺《あた》りは雪が降ったとみえて、一面の銀世界である。

北海道も、北へ来たという思いがする。

天塩川が、ずっと列車に沿って、流れている。真冬になると、この川も凍結するのだろうか。

一五時三四分に、音威子府《おといねっぷ》に着いた。

ここで、宗谷本線は天北《てんぽく》線に分かれる。どちらも稚内へ行くのだが、急行「天北」は、その名前の通り、ここから天北線経由になる。

ここは、美味《うま》いそばをホームで食べさせるのでも有名だった。

　去年、京子と一緒に来たときにも、この音威子府のホームの待合室で、二人でそばを食べた。

　他の乗客の中にも、ここのそばのことを知っている人がいたとみえて、列車が停まると、ばらばらと降りて、ホームを駆けて行く。

　矢代も、粉雪の舞うホームを駆けて、小さな待合室に、駆け込んだ。

　矢代は二百六十円の天そばを注文したが、気がつくと、彼の横で若い女が、

「玉子そば」

　と、頼んでいる。

　あの女だった。

「大丈夫ですか?」

　思わず、矢代は彼女に声をかけた。

「え?」

　と、女がこちらを向いた。

「さっき僕の横に来て、助けてくれといったでしょう? 大丈夫なんですか?」

「そんなこと、いいませんわ。変なことをいう人ね」

　女は眉《まゆ》を寄せて、矢代を睨《にら》んだ。

　矢代は戸惑いながら、

「しかし、あなたは旭川を出てすぐ、僕のところへ来て助けてくれと――」

　と、重ねていった。

「知りませんわ。そんなこと」

「しかし――」

　例の男が傍にいるので、怖くて嘘をついているのかと思った。が、男の姿は見えなかった。

（あっ）

　と、やっと矢代は気がついた。顔はそっくりだが、着ている服も違うし、髪形も少し違っていた。

「失礼。人違いをしてしまって」

と、矢代は、詫《わ》びた。

音威子府は、三分停車である。食べていては間に合わないので、矢代はポリ容器の丼《どんぶり》に入れたまま列車に戻り、座席に腰を下ろしてから、ゆっくり食べることにした。

音威子府を発車した「天北」は、天北線を北上する。すごく揺れるのは、レールの保守が悪いせいだろう。

そばを食べ終わった矢代は、また、女のことが気になってきた。

音威子府のホームで会ったのは、よく似た別人だったが、助けてくれといった女は、まだ乗っているはずである。

矢代は、気になるままに、列車内を探してみることにした。

一番最初に、1号車に行ってみた。さっきは妙な男に邪魔されて、調べられなかったからである。

車内は、ガラガラだった。寝台に横になっている乗客もいた。これだけ空《す》いていれば、ゆっくり寝ていけるだろう。

だが、あの女はいなかった。ケンカをふっかけて来た男の姿もない。

(おかしいな)

と思いながら、矢代は、他の車両も見てまわった。

先頭の6号車に行くと、彼が間違えた女がいた。だが、肝心の女も、ケンカの男も、いなかった。

(稚内まで行くといっていたが、途中で降りてしまったのだろうか?)

いや、男もいなくなっているところをみると、強制的に、途中の駅で降ろされてしまったのかもしれなかった。

矢代の性格は、気になりだすと、やたらに気になってくる。

彼女の感じが、亡くなった京子に似ていたから か、矢代は乗務員室へ行き、彼女のことを調べても らう気になった。

最後尾の1号車の乗務員室に行くと、さっきの車 掌がいた。
四十五、六歳の車掌で、矢代の顔を見て苦笑した ところをみると、こちらを覚えていたようだった。
「さっきは、どうも」

と、矢代のほうから、先にいった。

「もう、ケンカはおさまったんですか?」

微笑しながら、車掌がきいた。

「仲直りしたいと思って、彼を探しているんです が、いないんですよ。知りませんか?」

と、矢代はきいた。

「さあ、全部の車両を探されたんですか?」

「ええ」

「それなら、降りられたんでしょう」

「もう一人、女性がいなくなっているんです」

矢代は、あの女の顔立ちや服装を説明した。それ に、香水のことも。

「年齢は、二十五、六歳でした」

「なぜ、その女性を探していらっしゃるんですか? お知り合いですか?」

「いや、違いますがね。実は旭川を出てすぐ、突 然、僕の横にすわって、『助けてください』といっ たんですよ」

「本当ですか?」

「ええ」

「それから、その女性はどうしたんですか?」

「どこかへ消えてしまったので、探していたんで す。気になりましたからね。1号車を探そうとした ら、例の男が邪魔したんです」

「それで、ケンカになったわけですか?」

「ええ」

「色白で、ピンクのドレス、身長は一六〇センチぐらいですか——」

と、車掌は呟いてから、

「その女性なら、この1号車にいましたよ」

「やっぱりね。しかし、今はいないんですよ」

「そうですか?」

車掌は首を傾《かし》げ、矢代と1号車の車内を調べてくれた。

「なるほど、見えませんね。他の車両へ移ったんでしょう。どの車両も、だいたい自由席ですから」

「他の車両も、見てまわったんです」

「いなかったんですか?」

「ええ」

「じゃあ、もう降りたんでしょう。私があのお客さんを見たのは、旭川を出てすぐですから、そのあと、どこかの駅で降りたんですよ」

「しかし、彼女は僕に終点の稚内まで行くと、いっていたんです」

「じゃあもう一度一緒に、車内を探してみましょう」

親切な車掌で、矢代と一緒に全車両を探してくれた。

だが、いなかった。

「やはり、途中下車したんですよ。観光客で、そういう方がよくいますから」

と、車掌がいった。

車掌としては、他に解釈の仕様がなかったのだろう。

矢代は車掌に礼をいい、座席に腰を下ろした。

六両編成の列車である。これ以上、探す場所はない。トイレも、車掌と一緒にまわったときは、使用されていなかった。

急行「天北」は、旭川を出たあと、和寒、士別、名寄、美深と停車している。その間に、降りたのだろうか。気になるのは、矢代がケンカした男もいなくなっていることだが、今となっては探しようがない。

矢代は、また、自分自身の思いの中に沈むことにした。

窓の外は、また雪がやみ、弱々しい太陽の光が射している。

荒涼とした原野が広がり、ところどころに、ぽつんと家や北海道独特のサイロが建っているのが見える。

おかしなものだと思う。去年、京子と来た時も、この辺りで同じ景色を見たのである。しかも、乗っている列車はおんぼろな気動車だった。それなのにあの時は、窓の外の景色が素晴らしく、光りかがやいて見えたのである。

「こんな広いところに住んで、牛や馬を飼って過ごしたら、気持ちがいいでしょうね」

と、京子がいい、矢代も歳《とし》をとったらこの辺りに土地を買い、静かに暮らしてみたいものだと思ったのである。

同じ景色なのに、今はただ、ひたすら荒涼として見える。

京子がいないからか、それとも、東京で矢代が、人を殺して来たせいなのか。彼自身にも、はっきりしない。いや、まだ殺したと、はっきりしたわけではなかった。怪我《けが》をしただけかもしれない。それを確かめずに、矢代はこの急行「天北」に乗るため、羽田を発ってしまったのである。

(名前も知らない女のことなど、放っておけばいいんだ)

と、矢代は自分にいい聞かせた。

それでも、頭の隅から離れないのは、やはり、あの女がどこか、京子に似ていたからだろう。

それに、何かに気持ちを向けていないと、車ではねた男の顔が、ちらついてしまうからでもあった。死んでも当然の男なのだと考えても、嫌な気持ちは消えてくれない。

右手に遠く、オホーツクの海が見える頃になると、陽《ひ》が落ちて、窓の外の景色はますます寒々としてきた。

さっきの車掌が、やって来た。

「まだ、あの女の方のことがご心配ですか?」

と、車掌は、小声で矢代にきいた。

「ええ」

と、矢代がうなずくと、

「私も、気になりましてね。もし何かわかったらご連絡しますが、稚内ではどこにお泊まりかわかりますか?」

と、車掌がきいた。人のいい性格なのだろう。

「北斗館《ほくとかん》に泊まるつもりです」

「あの旅館なら知っています。何かわかったら、お電話しますよ」

と、車掌はいってくれた。

一八時一七分。定刻に、急行「天北」は稚内に着いた。

すでに周囲は暗く、ホームには、明かりが点《つ》いている。

ホームには、「ようこそ稚内へ」の大きな看板が出ていたが、列車から降りる乗客の姿も少なく、寂しく見えた。

矢代はコートの襟《えり》を立て、改札口を抜けた。

稚内の町は、どこか異郷の匂いがする。周囲の景色のせいか、北の海が迫っているせいかは、わからない。

駅を出ると、冷たい北風が、まともに顔に当たった。

「わあ、冷たい!」と、はしゃいだ京子は、今はいない。今は、その冷たさをひとりで噛《か》みしめるより仕方がなかった。

駅から歩いて、七、八分のところにある旅館「北斗館」は、京子と一緒に泊まったところである。

幸い、部屋は空《あ》いていた。

矢代が宿帳に名前を書いていると、中年のお手伝いが、

「お客さんは、去年、お泊まりになった方でしょう?」

「ああ」

「きれいな奥さんは、今度はご一緒じゃないんですか?」

「うん」

「ああ、おめでたですか?」

その質問に、矢代は黙って宿帳を渡した。

4

東京では、警視庁捜査一課の十津川《とつがわ》たちが、早朝、駒沢《こまざわ》で起きた殺人未遂事件を追っていた。

最初は単なる交通事故と見られて、交通課が調べていたのである。

S大の四年生、田口徹《たぐちとおる》、二十一歳が、早朝自宅近くでジョギング中に、はねられたのだ。すぐ、救急車で病院に運ばれたが、意識不明で、生死の境《さかい》をさまよっている。

よくある交通事故だと思われたのだ。

しかし、目撃者が現われた。

同じように、ジョギングをしていたサラリーマンである。

彼の証言によると、一時間近く前から、車が一台とまっていた。

運転席には、サングラスをかけた男がすわってい
た。
田口がマンションから出て来て走り出すと、その
車も、急にエンジンをかけた。そうして背後から近
づき、急にスピードをあげて、田口をはね飛ばした
という。
車は、そのまま逃げるように走り去った。
これが事実なら、これは単なる交通事故ではな
く、待ち伏せしてはねたのである。
殺人未遂なのだ。
それで、十津川が調べることになった。
十津川は、亀井《かめい》刑事と、まず目撃者のサラリーマ
ンに会った。
三十五歳で、N鉄鋼の企画係長だというその男
は、興奮した口調で、
「あれは、明らかに殺すつもりではねたんですよ」
と、十津川たちにいった。
「急にスピードをあげて、はねたんですね？」
十津川が確かめた。
「そうです。それも歩道のないところで、車は道路
の端に寄ってはねたんですよ。まん中を走れば、ど
うってことはなかったのに」
「ナンバーを見ましたか？」
「ええ。ただ、全部は覚えていないんです」
「それでも助かりますよ」
と、十津川はいった。
車は、白のサニーである。たぶん、盗難車だろ
う。
十津川は、車の洗い出しをする一方、はねられた
被害者の過去を調べた。
殺人未遂なら、犯人はこの田口を恨《うら》んでいる者と
いうことになる。
田口の身辺を洗ってみると簡単に、一人の人間
が、浮かび上がってきた。

今年の八月三日、田口は車を運転していて、一人の女性をはねていたことがわかったからである。はねられた女は、病院に運ばれたあと、脳挫傷《のうざしょう》で死亡している。

その女の名前は、矢代京子、二十五歳だった。はねた田口は、被害者が突然飛び出して来たので、避けようがなかったと主張した。

夜間で、目撃者のいない事故だったから、どちらが悪いのか不明のまま、処理された。田口は免停になったが、それ以上の処罰はされなかった。

田口の父親が、被害者の夫、矢代要《かなめ》に詫び、慰謝料を払いたいと申し出たが、なぜか、矢代は受け取りを拒否した。

それから、約三カ月が経過している。

十津川は、矢代が、妻を殺された復讐をしたのではないかと考えた。

さっそく矢代の住所を訪ねたが、留守であった。

矢代は、小さな雑貨の輸出入をやっているのだが、新宿《しんじゆく》のその店にも出ていなかった。三人ばかりいる従業員も、社長の居場所は知らなかった。

矢代は車を持っていたが、白のポルシェで、サニーは持っていない。矢代が犯人なら、盗んだ車で田口をはねたのだ。

矢代の周辺の聞き込みから、彼が二年前に結婚した妻の京子を、いかに愛していたかがわかった。

間違いなく、田口をはねたのは矢代だろう。

だが、そのあと矢代がどこへ逃げたかが、わからなかった。

仕事柄、海外へもよく行っているから、海外逃亡の恐れがあった。

午後三時になって、問題の車が見つかった。

場所は、羽田空港の駐車場だった。

十津川と亀井が、急行した。

そのサニーの右前部がへこみ、ライトがこわれていた。いかに激しく、田口をはねたかがわかるこわれ方である。それはそのまま、矢代の怒りの強さが感じられた。

十津川たちは、各航空会社のカウンターで、矢代が乗らなかったかどうか、彼の写真を見せてきいてみた。

その結果、矢代が午前九時三五分の札幌（千歳《ちとせ》）行きの日航便に乗ったことが、わかった。

十津川に意外だったのは、矢代が偽名ではなく、本名で乗っていることだった。書かれた住所も、嘘ではなかった。

「捕まるのを、覚悟しているのかな」

十津川は、首をひねった。

「かもしれませんね。まさか、田口をはねておいて、絶対にわからないと思っているわけじゃないと思います」

と、亀井もいった。

「北海道のどこへ行ったのかな？」

「新宿で、店の従業員に話を聞いたときなんですが」

「うん」

「去年の秋、社長の矢代が、夫婦で三日間、北海道の北の方を旅行して、その素晴らしさを話してくれたと、いっていました」

「すると矢代は、その思い出の場所に行ったということが、考えられるね」

「そうです。稚内方面です」

「われわれも、行ってみるか」

と、十津川はいった。

亀井が切符の手配をしている間、十津川は、田口の入院している病院に電話をかけてみた。

その電話がすんだとき、亀井が戻って来た。

「午後六時の全日空の便になりました」

「その前に、夕食をすませよう」

と、十津川はいってから、

「田口が、死んだよ」

「これで、殺人事件になりましたね」

「そして、矢代は殺人犯だ」

　十津川は、重い口調になって、いった。

5

　夜が、明けてくる。

　矢代は、昨夜はほとんど眠れなかった。

　彼は、窓から明けてくる海を見つめていた。

　外は寒いのだろう。拭いても拭いても、ガラスは曇ってしまう。

　急に、ぱあっと陽が射してきた。矢代は、瞬間、眼を閉じた。

　朝食をすませたあと、京子と一緒に歩いたノシャップ岬へ行ってみることにして、着がえをしているところへ、来客があった。

　男が、二人である。

　階下の応接室で、矢代は会った。

「名寄署の川口《かわぐち》といいます」

　と、一人が警察手帳を見せた。

　矢代は一瞬、顔をこわばらせたが、自分でも感心するほど、落ち着いた声で、

「ご用件は？」

　と、きいた。

「昨日、急行『天北』で、稚内に来られたんですね？」

「そうです」

「車掌に聞いたんですが、車内で女の乗客があなたに、助けてくれといったと聞きましたが、本当ですか？」

「そのことですか」

　と、矢代はうなずいてから、

「本当です」

「くわしく、話を聞きたいですね」

「昨日の急行『天北』の車掌さんにもいったんですが、旭川を出てから、女性客が突然、僕の横に来てすわりましてね。助けてくださいといったんです。わけがわからないでいると、また急に席を立って、消えてしまったんです」

「どう思いました？」

「冗談にしては真に迫っていたので、気になりましてね。もう一度会って話を聞こうと思って、車内を探したんです」

「見つかりましたか？」

「3号車の方へ行ったので、3号車、2号車と探してもいなくて、その先の1号車をと思ったら、デッキのところで、変な男に邪魔されましてね。ちょっとケンカになってしまったんです。そこへ車掌さんが来たりしたので、結局、1号車は調べなかったんですよ」

「そのあと、どうしたんですか？」

「稚内に近くなってから、また気になって来ましてね。車掌さんと一緒に車内を全て見てまわったんですが、どの車両にも、彼女はいませんでした。1号車と2号車の間で、僕を邪魔した男もです。彼女は稚内まで行くといっていたのに、途中で降りてしまったのかと、妙な気がしたんです」

と、矢代はいってから、急に眉を寄せて、

「彼女に、何かあったんですか？」

「その女性と思われる死体が、発見されたんですよ」

「本当ですか？」

「昨日、上りの急行『天北』の車内で、女の死体が発見されたんです。3号車のトイレの中です」

「それが、彼女だと？」

「絞殺されていましてね。発見されたのは、名寄の直前です。ハンドバッグを調べたところ、奇妙なことに、上りの『天北』に乗っているのに、見つかった切符は、下りの『天北』のものだったのですよ。それで、下りの『天北』の車掌に問い合わせたところ、あなたのことがわかったのです」

「その女性の特徴を、教えてくれませんか」

「ええと――」

と、川口刑事は手帳を広げて、服装やら顔立ちを、教えてくれた。

「それに、特徴のある香水を使っていました。専門家に聞いたところ、フランスのシャノアールという品で、それを借りて来たんですが、覚えがありますか?」

刑事は、ポケットから小さな香水のびんを取り出した。

矢代は、ふたをとって嗅《か》いでみた。

あの香りだった。


「間違いありません。この香りでした。覚えていますよ」

「するとやはり、あなたに助けを求めた女ということになりますね」

「ええ、そう思います」

「では、あの女は、札幌から下りの急行『天北』に乗ったことになりますね。札幌―稚内の切符ですから。そして、途中で上りの『天北』に、乗りかえたことになります。問題は、どこで乗りかえたかですが」

「美深ですよ」

矢代は、あっさりといった。

「なぜ、わかりますか?」

「名寄に着く前に、死体が発見されたんでしょう?」

「そうです」

「とすると、名寄より北で、彼女は移ったことにな

祥伝社

文芸書⑥月の最新刊

幸福な生活

最後の1行がこんなに
衝撃的な小説はあったろうか。
愛する人の〝秘密〟を
のぞいてはいけない……
圧倒的ストーリーテラーが贈る
稀代の怪作誕生！ ◉四六判／定価1575円

面白いのは
長編だけじゃない
『永遠の0』
『ボックス！』
『錨を上げよ』
で話題の著者が
またやった！

978-4-396-63366-0

百田尚樹

ベストセラー人気エンターテインメントの最新刊！ ◉四六判／定価1890円
『黒い太陽』『女王蘭』——

新堂冬樹

帝王星

「帝王星は、ふたついらない」

不死鳥の男と〝風俗王〟だった男、

〝天才〟と呼ばれる女と伝説の女。

絶対のキング、そしてクイーンは誰か？

最終戦争はいずこへ向かう⁉

荘厳なる夜の叙事詩、
ここに完結！

978-4-396-63365-3

クロノスの飛翔

中村弦

ファンタジーノベル大賞受賞の気鋭が贈るハートフル・サスペンス!

一羽の伝書鳩が運んできた50年前のSOS
時を越えて二人の男をつなぐ奇跡の行方は?

届け、この思い。
明日の日本のために——

書下ろし

■四六判/定価1785円

978-4-396-63367-7

因習の土地、
謎の昔語り、
凄惨なる
連続殺人事件……

冬蛾

柴田哲孝

**東北の私立探偵・
神山健介、
雪に閉ざされた
会津の寒村へ!**

最注目の著者が描く
ハード・サスペンス傑作!

■四六判/定価1785円

978-4-396-63364-6

ノン・ノベル最新刊

カシオペアスイートの客

十津川警部捜査行

西村京太郎

トラベル・ミステリー

豪華寝台特急が北へ運んだ殺意!

札幌へ向かう車内で惨劇が!
十津川警部の英知が真相に迫る!

■新書判/定価880円

978-4-396-20887-5

ドクター・メフィスト

瑠《る》璃《り》魔《ま》殿《でん》

長編超伝奇《スーパー》小説

菊地秀行

**ドクター・メフィストよ
安らかに眠れ——**

〈魔界都市〉の白い医師、
3つの人格を持つ美姫に敗れる!?

予期せぬ展開、
驚愕のラスト!
好評シリーズ第3弾

■新書判/定価880円

978-4-396-20888-2

祥伝社 〒101-8701 東京都千代田区神田神保町3-3
TEL 03-3265-2081 FAX 03-3265-9786 http://www.shodensha.co.jp/
表示価格は5/27現在の税込価格です。

ります。名寄の手前で、下りと上りの『天北』が停車して、乗りかえられる駅となると、美深しかないからです。僕は昨日、美深で下りと上りの『天北』が交換するのを見たんです。単線ですから、この駅で交換したんですよ。僕の乗った下りのほうが先に発車して、そのあと、上りが出たんです。だから、下りの『天北』に乗っていた彼女が上りに乗りかえることは、可能だったと思いますね」

「美深以外では、できないと？」

「名寄と美深の間でなら可能ですが、その間にいくつか駅があっても、急行『天北』は停車しませんからね」

「なるほど」

「彼女はきっと、美深で、反対側に上りの『天北』が停車しているのを見て、とっさに逃げたんじゃありませんか。逃げて、上りの『天北』に逃げ込んだが、犯人も追いかけて行って、同じ上りの『天北』に乗り込んで、殺したんです」

「そして、名寄で降りて、逃げたか」

「かもしれませんね」

「すると、あなたがケンカした男が怪しくなって来ますが、その男も、下りの『天北』から消えていたそうですね？」

「ええ。音威子府を過ぎてから、車掌さんと一緒に車内を見てまわりましたが、彼女も、あの男も、いませんでした。だから、途中で降りたことは、間違いありません」

「美深で降りたことも、考えられますね？」

「ええ」

「その男とは、ケンカしたとすると、顔はよく見ていますね？」

「ええ」

「それでは、モンタージュを作るのに協力してください」

と、川口刑事がいった。

6

矢代は、刑事たちのパトカーで名寄署に連れて行かれた。

そこで、まず、死体と対面させられた。

上りの急行『天北』のトイレで見つかった死体である。

絞殺された死体だけに、醜くふくらんでいた。

「どうですか？　あなたに、助けてくれといった女性ですか？」

と、川口刑事がきいた。

「服装も、背格好も、同じに見えますね」

「顔は？」

「似ていますが、違っているようにも見えます」

「絞殺されると、こんなふうになってしまうんです」

「そうでしょうね」

「下り『天北』の車掌にも見せたんですが、同じ女性だと思うと、いっていましたよ」

「それなら、彼女でしょう。よく似ています」

「それでは、容疑者のモンタージュ作りを手伝ってください」

と、川口刑事がいった。

絵の上手《うま》い警官に、一時間近くかかって、矢代は問題の男の特徴を説明した。

そのあとで、矢代は川口刑事に、

「被害者のことを、教えてくれませんか」

と、いった。

川口は微笑して、

「やはり、気になりますか？」

「ええ」

とだけ、矢代はいった。死んだ妻に似ているからとは、いわなかった。

「身元は、すぐわかりました。札幌市内に住む遠藤《えんどう》マリ、二十六歳です」

「どんな女性なんですか？」

「それが、莫大《ばくだい》な財産を相続したばかりの女性なんですよ。それで、狙《ねら》われたんだと思いますが」

「シンデレラみたいな女性ということですか？」

「そうですね。これまで家族に恵まれず、ひとり暮らしをしてたＯＬだったんです。月給十二万円のね。ところが遠縁のおじさんが彼女に莫大な遺産を残して、死んだんです。相続税を引いても、三億円は彼女の手元に残る」

「すごい額だ」

「よほど、そのおじさんは彼女が気に入っていたんでしょうね。他に親戚もあったんですが、彼女に残したわけです」

「しかし、殺されては何にもなりませんね。生きていてこそ、人生を楽しめるんだ」

「従って、動機ははっきりしています。彼女が相続した、莫大な財産です」

「容疑者も、限定されますね」

「そうです」

「彼女は、なぜ稚内へ行こうとしていたんですか？」

「彼女に財産を残してくれたおじさんというのが、稚内の人でしてね。亡くなって、ちょうど一年になるので、彼女は墓参りに行く途中だったと思いますね」

「犯人が、早く捕まるといいですね」

と、矢代はいった。

「また、協力していただくことがあると思いますが、これから、どこへ行かれるんですか？　予定がわかっていたら、教えてもらえませんか」

「ノシャップ岬を見たいと思っているんです」

「それなら、車でお送りしますよ」

と、川口刑事はいってくれた。

「今夜はもう一日、あの旅館に泊まろうと思います」

と、矢代はいった。

7

十津川と亀井は、千歳空港から、稚内行きのＹＳ機に乗った。

一二時四〇分発で、稚内着は、一三時四五分である。

千歳空港で調べたところ、昨日、この便に矢代は乗っていないことがわかった。たぶん、飛行機でなく、列車に乗ったのだろう。

「矢代は、どうする気ですかね？」

ＹＳ機の窓から地上を見下ろしてから、亀井は、十津川に話しかけた。

「ひょっとすると、死ぬ気かもしれないね」

「そう思われますか？」

「矢代は、今年の夏に死んだ奥さんの仇《かたき》を取ったつもりでいるんだろう。捕まるのを覚悟でね。それから、死んだ奥さんと旅行した思い出の土地を訪ねた。そのあと、警察に自首してくれればいいが、自殺する気でいるのかもしれない」

「よほど、奥さんを愛していたんでしょうね」

「結婚して二年だからね」

「どのくらいの罪になるんですかね？」

「それは、矢代の態度によるね。殺意を認めたら、殺人罪だ。しかし、殺す気はなかったとなれば、傷害致死だからね」

「私は、どうも、矢代という男が可哀想になってきましたね」

亀井は、声を落としていった。

「そうかね」

「今日、東京へ電話してきいてみたんですが、死んだ大学生ですが、あまり感心した男じゃなかったようです。過去に傷害事件も起こしているし、大学へはろくに行ってないみたいです。矢代の奥さんをはねて死なせたときも、酔って乱暴運転をしていたんじゃないかと思いますね」

「カメさん」

「わかっています。矢代を見つけたら、すぐ逮捕します」

と、亀井はいった。

稚内空港の周囲は、うっすらと雪化粧をしていた。

滑走路は除雪してあったが、一時間ほど前まで、粉雪が降っていたのだということだった。

東京に比べると札幌も寒かったが、この稚内は、さらに寒い。

二人は、空港から車で稚内の町に向かった。タクシーで、二十分ほどの距離である。

稚内の町に着くと、十津川たちは、稚内警察署に足を運んだ。

十津川は署長に会って、東京で起きた事件のことを話した。

上村《かみむら》という署長は聞き終わってから、

「現代の仇討《あだう》ちというわけですな」

と、いった。

「矢代は、この稚内の町に、昨日のうちに来ているはずなのです。探してもらえますか?」

十津川が頼むと、

「稚内周辺のホテルや旅館に当たってみましょう。それらしい男が、泊まったかどうか、調べてみますよ」

「おそらく、矢代の名前で、泊まったはずです」

「本名で泊まっていると、思われるわけですか?」

「矢代は、捕まることを恐れていないような気がするのです」

「なるほど」

と、署長は感心したような顔をした。

十津川と亀井は、稚内署で問い合わせの結果を待たせてもらうことにして、しばらく町を歩いてみた。

すでに何回か雪が降ったらしく、除雪された雪が通りのあちこちに積みあげてある。やがて、この町は雪に埋もれるのかもしれない。

港へ出ると、海から吹いている風が痛いような冷たさである。もう、この町は冬である。
十五、六分して稚内署へ戻ると、署長が、難しい顔をしていた。
「矢代のことが、何かわかりましたか？」

「その矢代ですがね。道警本部でも、矢代という男に用があるということでしてね」


「こちらでも、矢代が何かやったんですか？」

驚いて、十津川がきいた。

「いや、こちらでは、殺人事件の証人として用があるということなのです」

署長は、昨日、上りの急行「天北」の車内で殺されていた女の話をした。

矢代に、確認してもらったこともである。

「それならもう、証人としての仕事は終わったわけですね」

「ところが、ついさっき、問題の男の死体が見つかったのです」

「矢代が、車内でケンカしたという男ですか？」

「そうです。遠藤マリを殺したと思われる男です」

「それで、矢代が、確認することになったわけですか？」

「今、名寄の捜査本部から刑事が二人来て、矢代を連れて行ったという知らせがあったところです。矢代は、市内の北斗館という旅館にいたようです」

「どこへ行ったんですか？」

「名寄近くの山の中だそうです。どうされますか？

矢代は、いずれこの町の北斗館に戻って来ますが、旅館で待たれますか？　それとも、名寄へ行かれますか？　行かれるのなら、うちの車で送りますが」

「どうするね？」

と、十津川は亀井にきいた。

「私は、ここで矢代が戻って来るのを待ちたいですね。奴《やつ》は、逃げるとは思えません。殺人事件の解決の手助けなら、ゆっくりさせてやりたい気がするんです」

「そうだな」

と、十津川もうなずいた。

「必ず、矢代はここへ戻ってきますか？」

確かめるように、十津川は署長にきいた。

「間違いなく、確認の仕事がすみ次第、パトカーで送ってくるはずです」

「それなら、この町で矢代を待つことにします」

と、十津川はいった。

8

国鉄名寄駅から、車で十二、三分のところだった。

国道40号線からちょっと横に入った山の麓《ふもと》に、男の死体は横たわっていた。

後頭部を強打された上、背中を刺されている。

稚内から再び、パトカーで連れて来られた矢代は、その死体をじっと見つめた。

「間違いありません」

と、矢代は、同行した川口刑事にいった。

「あなたが、下りの『天北』の中でケンカした男ですね？」

「ええ。僕が、彼女を探すのを邪魔した男です」

「そうですか」

と、うなずいた。が、川口刑事は、なぜか元気がなかった。

「この男の身元は、わかりませんか?」

矢代が、きいた。川口刑事はそれがわからなくて元気がないのかと、思ったからである。

「運転免許証を持っているので、すぐわかりましたよ。名前は、青木信一郎《あおきしんいちろう》。二十九歳です。住所は、札幌です」

「札幌の人間が、なぜ、こんな所で殺されたんですか?」

「わかりませんね。犯人が、ここへ連れて来て、殺したのかもしれない。それはいいんですが、困ったことに、この男はどうしても、上り『天北』の中で殺された遠藤マリと結びつかないんですよ」

「誰かに金で雇《やと》われたということも、あり得るでしょう?」

「その可能性はありますがね」

川口刑事は、納得できないという顔付きだった。

「彼女、遠藤マリさんですか、彼女を殺す動機を持った人は、見つかったんですか?」

矢代は、風に背中を向けて煙草に火をつけてから、刑事にきいてみた。

どうしても、彼女を殺した犯人を見つけたかった。いや、見つけるのは警察の仕事だが、彼女を殺したのが、どんな人間なのか知りたかった。

妻の京子がはねられて死んだとき、矢代が真っ先に考えたことは、どんな人間が、京子を殺したかということだった。

「容疑者は、何人かいますよ。とにかく、莫大な財産が絡んでいますからね。亡くなったおじさんに近い人たちの中には、なぜ、彼女なんかに莫大な財産を贈ったのかと、不平や不満が、渦巻いていたようですね」

川口は、肩をすくめた。

「その中でも、特に強力な人間が、いたわけでしょう?」

「矢代さんは、ひどく熱心ですね」

「僕は、彼女に、助けてくださいといわれた男ですからね。彼女を殺した犯人がどんな奴か、知りたいんです」

「一番有力な容疑者は、二人います。稚内に住む兄《きょう》妹《だい》でしてね。兄のほうは三十歳で、ブローカーのような仕事をしています。妹は二十五歳で、駅の近くで小さな喫茶店をやっています」

「なぜ、その兄妹が怪しいんですか?」

「亡くなった資産家の遠縁に当たるんですが、二人とも、当然、遺産は自分たちのものになると考えていた節《ふし》があるからです。その不満を、ことあるごとに口にしていたそうです。それに、遠藤マリが死ねば、彼らがその財産を引き継ぐことになるはずなのです」

「逮捕は、できないんですか?」

「遠藤マリが殺されたとき、二人にはアリバイがあるんですよ」

と、川口刑事はいってから、急に「ああ」とひとりでうなずき、

「ひょっとすると、あなたは二人を見ているかもしれませんね」

「え?」

「二人は、あの日の下り『天北』に乗っていたんですよ。それが、アリバイなんです」

「あの列車に——」

矢代も、びっくりした。

「そうなんです。二人は稚内に長く住んでいるので、駅員とは顔なじみでしてね。あの日、二人が、下りの『天北』から降りて来て、ホームで挨拶《あいさつ》して

いるんですよ」

「その女性のほうですが、殺された遠藤マリさんに似ていませんか？」

「ええ、親戚関係ですから、似ていますよ」

「それなら、列車の中で会っていますよ。一瞬、見違えた女性がいたんです」

「その人です」

「美深で乗りかえたということは、考えられませんか？」

と、矢代はきいた。

川口は微笑して、

「こういうことですか。兄が稚内から被害者の遠藤マリと一緒に乗り、美深の手前で殺しておいて、美深で、下りの『天北』に乗りかえたということですか？」

「ええ」

「実は、われわれも、そう考えたんですよ」

「それで？」

「矢代さんは、実際にお乗りになっていたんだからわかると思いますが、ちょっと無理なんです。確かに、美深の駅で上りと下りの『天北』が交換しますが、下りが先に着いて、上りを待ちます。そして、上りが着いてすぐ、下りが発車します。ですから、下りから上りに乗り移るのは、簡単です。しかし、上りから下りに移るのは、大変です」

「しかし、一緒に停まっている時間は、ありましたよ」

「一分間です」

「そんなに短かったですかね」

「あの日のことを調べたんですが、矢代さんの乗った下りの『天北』は、一四時五九分に美深に着き、発車は一五時〇二分です。一方上りの『天北』は、一五時〇一分に美深に着き、一五時〇六分に発車しています。ですから、下りを降りた乗客は、ゆっくり上りに乗りかえられますが、反対は難しいわけです。あのホームが島式で、列車がその両側に着くのなら、たとえ一分でも、簡単に乗り移れますがね、あの駅はホームが二つで、それを跨線橋《こせんきょう》でつないでいるんです」

「覚えていますよ。乗り移るときは、跨線橋を渡らなければならないんだ」

「そうです。だから、無理なんですよ。それにあの日、ホームにいた駅員は、跨線橋を駆けあがって行く乗客は、見ていないんです」

「すると、その兄妹はシロだということですか?」

「アリバイがありますからね。問題はこの男です」

と、川口刑事は、運ばれて行く死体に眼をやって、

「あの兄妹がこの男に金をやって、遠藤マリを殺させたということは考えられるんです。それで、どこで結びついたのか、今、調べているところです」

「問題の妹が稚内でやっている喫茶店の名前を、教えてくれませんか?」

「どうするんですか?」

「また稚内に戻るので、コーヒーでも飲みに行ってみようかと思いましてね」

「妙なことはしないでくださいよ」

「え?」

「あなたは、責任感が強い人のように見えるんですよ。車内で、『助けてください』といわれた女性が殺されたんで、責任を感じているんじゃありませんか? その気持ちはわかりますが、あなたは、何といっても素人《しろうと》だし、勝手に動きまわって、捜査を混乱させないでもらいたいのですよ」

「わかっています。捜査の邪魔もしませんよ。だから、店の名前を教えてください」

「レッドツリーという名前です」

「面白い名前ですね」

と矢代がいうと、川口は笑って、

「兄妹の姓が、赤木《あかぎ》なんです。それを英語にしただけのことですよ」

矢代は、その場から車で名寄駅に送ってもらった。

川口は、パトカーで稚内まで送りますといってくれたのだが、ひとりでいたかったからである。

矢代は、名寄駅一九時四〇分発の急行「宗谷《そうや》」に乗った。

川口刑事が矢代の身柄をおさえて、稚内へ連れて来いという、確認のための、連絡を受けたのは、そのあとだった。

9

急行「宗谷」は、稚内に二二時五五分に着く。

真夜中に近く、ホームは冷たい風が吹き抜けていた。

矢代はコートの襟を立て、白い息を吐きながらホームに降りたが、改札口のところに、明らかに刑事とわかる男が二人、立っているのに気付いた。

今まで会っていた川口刑事とは、まったく違った表情をしている刑事だった。

殺人容疑者を、逮捕しに来た顔だ。

矢代は、身をひるがえした。

(東京の事件が、ばれた)

と、直感した。

そして、東京から連絡があって、この刑事たちは張り込んでいるのだろう。

名寄署に問い合わせて、矢代が「宗谷」に乗ったとわかったに違いない。

もともと、すぐ彼の犯行とわかってしまうのを承知であの学生を盗難車ではね飛ばしたのである。

妻の京子を殺した犯人を、どうしても許すことができなかったのである。

そして、そのまま羽田に車を飛ばし、札幌行の飛行機に乗った。京子と行った思い出の土地を歩き、それから死ぬつもりだった。

だから逮捕されることも、別に怖いとも思っていなかった。

だが、下りの急行「天北」の車内で、あの女、どこか死んだ京子に似ている女に会い、「助けてください」といわれたときから、事情が変わってしまった。

川口刑事は、「それは、あなたの責任感でしょう」といったが、それほど重いものではない。

それに、死ぬことや警察に逮捕されることが、怖くなったわけでもなかった。

ただその前に、あの女が、誰にどうやって殺されたのか、それを知りたかった。そうしてからでないと、「助けてください」という彼女の声が、耳について離れないような気がするのだ。

（死ぬにしても、いい気分で死にたいからな）

と、思った。

矢代は、ホームから線路に飛び降りた。

もう稚内に着く列車も、発車する列車もない時刻である。

背を低くして、線路をまたいで行った。

駅前の広場を突っ切ると、一本の線路が、北へ向かって延びている。矢代は、その線路に沿って走った。

もう使われなくなった線路である。線路は、右に折れる。

矢代は、走り続けた。

前方に、白いドームが見えてきた。細長いドームである。

樺太《サハリン》が、まだ日本の領土だった頃、ここから連絡船が出たのである。

矢代は、ドームの柱のところに腰を下ろして、やっと一息ついた。

煙草に火をつけた。

ドームが、冷たい風をさえぎってくれる。

しかし、コンクリートは冷たい。矢代は、仕方なく歩き出した。

北斗館にも、当然、刑事が張り込んでいるだろうから、戻るわけにはいかなかった。

矢代は、真夜中の稚内の町を出た。

わざと、小さな旅館を選んで泊まろうとしたが、そこにも刑事の姿があった。慌《あわ》てて、その場を離れた。

このぶんでは、稚内周辺のホテルや旅館には、全て手配がされているだろう。

幸い、東京を出るとき、金だけは充分に持って来た。

タクシーを拾い、近くの温泉へ行ってくれと、頼んだ。

最近、稚内にも温泉が出たという。ノシャップ岬で、日本最北端の温泉だということだったが、矢代は、違う温泉に行ってくれと、いった。そこにも、警察の手がまわっているような気がしたからである。

タクシーは、国道40号を南下して、豊富《とよとみ》温泉に向かった。サロベツ原野の近くの温泉である。

タクシーの運転手にチップをはずみ、旅館と交渉してもらった。それで、どうにか旅館の一つに泊まることができた。

温泉に入り、布団にもぐると、不思議にゆっくり眠ることができた。

翌日は雪は降っていなかったが、かえって一層、寒さが加わったような気がした。

朝食をすませたあと、矢代は、名寄警察署の川口刑事に電話をかけた。

矢代が名前をいうと、電話の向こうで、川口が一瞬、息を呑《の》むのがわかった。

「今、どこにいるんです？」

と、川口がきいた。

「それはいえません。別に、捕まるのが怖いわけじゃない。もし怖ければ、北海道で、警察に協力したりはしませんよ」

「わかりますよ」

「東京から、僕について、手配が来ているんですね？」

「まあ、そうです。すぐ、自首しなさい。東京の事件のことは聞きました。動機には同情の余地があるから、それほどの重罪にはならないと思います。私が迎えに行ってもいい。どこにいるのか、教えてください」

「僕のほうも、教えてもらいたいことがあるんですよ」

「どんなことですか？」

と、川口がきく。こうしている間も、たぶん、向こうは、電話の逆探知をしているだろう。

「昨日、死体で見つかった男ですが、問題の赤木兄妹との関係はわかりましたか？」

「それが、いくら調べても関係は出てこないんですよ。兄妹とあの男の接点は、見つかりません」

と、川口はいってから、

「とにかく、自首してください。それが、あなたにとってベストですよ」

「ありがとう」

と、いって、矢代は、電話を切った。

10

十津川は、稚内署の二階から、北の町の景色を眺めていた。

矢代が稚内の旅館に戻らず、どうやら逃亡したらしいということを、昨日知らされていた。

だが矢代は、ただ逃げているだけではないらしい。

ついさっき、名寄署の川口刑事からの電話によると、矢代は、急行「天北」の車内で起きた殺人事件に関心を持ったらしいということだった。

「どうも、矢代という男の気持ちがわかりません。車内で女から『助けてくれ』といわれたのに死なせてしまったことに、責任を感じているのかもしれませんが、彼自身が、警察に追われているわけですからね」

と、川口刑事はいった。

午前九時頃、その矢代から電話があり、すぐ逆探知して豊富温泉に急行したが、すでに姿を消してしまった後だったという。

「矢代は、何をする気でいるんでしょうか?」

亀井が、並んで窓の外を見ながら、十津川に声をかけた。

「自分が助けそこなった女のために、犯人を見つけ出そうとしているように見えるがね」

「警察に追われているのにですか?」

「自分が逮捕されること自体は、別に恐れていないんじゃないかね」

「とすると、矢代は容疑者に会う気でいるのかもしれませんね。青木という兄妹でしたか」

「赤木だ。その妹がやっている喫茶店には、ここの刑事が張り込んでいる。矢代が現われれば、すぐ逮捕されるよ」

「しかし、ここの警察にも解明できない事件が、素人の矢代に解明できると思っているんでしょうか?」

「矢代は、当事者だ。警察が知らない何かを知っていれば解明はできるだろうし、できると思っているから、拘《こだわ》っているんだと思うね」

「それでは、その喫茶店に矢代が現われると思いますか？」

「どうかな。矢代は昨日、北斗館に現われなかった。刑事が張り込んでいるのに気がついたからだ。とすれば、喫茶店にも、刑事が来ていると考えているはずだよ。そこへ、のこのこ現われるとは思えないんだがね」

「しかし、矢代は何かやるつもりでいると思いますよ」

「カメさんなら、どうするね？」

「私ですか？」

「矢代は、東京で亡くなった妻の仇討ちをした。もう、思い残すことはないという気分だろう。ただ、たまたま彼の乗った急行『天北』の車内で、彼に助けを求めた女が殺された。その犯人を見つけようとしている。彼は、死ぬことも、警察に捕まることも、怖くはないんじゃないかね。そんな人間だとして、どう出るかね？」

「どうも、そういう心境にはなれませんからね。私は、命が惜しいですよ」

亀井は、苦笑した。

「私だって、同じさ」

「矢代の気持ちは、こういうことじゃないですかね。奥さんの仇を討って、何もかもすっきりして、これで思い残すことなく死ねると思った。ところが、また心に引っかかるものが出来てしまった。それは小さな傷だったが、矢代という男には、気になって仕方がないんじゃありませんかね。思い出の土地で静かに死んでいくつもりが、できなくなってしまった。新しく出来た引っかかりを解決すれば、それこそ、すっきり死ねる。そう思っているんだと、私は考えます。だから、必ず矢代は、赤木兄妹に会いに来ますよ」

「だが、刑事が張っているんだ」

「じゃあ、電話で呼び出しますよ。私なら、そうしますね。おれは、お前たちが犯人だという証拠を握っているぞ、といってです」

「本当に、矢代は握っているんだろうか？」

「わかりませんが、私は、矢代がわざわざ名寄署の川口刑事に、今朝、電話して来たことが、気になるんです」

「名寄近くで殺されていた男のことだったな」

「そうです。名前は青木信一郎。下りの急行『天北』で、矢代にケンカを吹っかけた男です」

「川口刑事は、この男は、赤木兄妹とは何の関係もないと、矢代に答えたといっている」

「そうです。問題は、矢代がその答えに満足したのかどうかですね」

「というと？」

「矢代は、自分が巻き込まれた事件について、一つの推理をしているんじゃないかと思うんです。川口刑事の答えが、その推理にぴったり一致したのか、それとも外れてしまったのかということなんです」

「一致していれば、矢代は、赤木兄妹を呼び出すだろうね」

「そうなんですが、私にもわかりません」

「一致したんだよ」

「なぜ、わかりますか？　警部は、矢代が今度の事件についてどう推理しているのか、わかるんですか？」

亀井がきくと、十津川は笑って、

「まさか。私は、当事者じゃないからわからないよ。ただ、こう思ったんだ。青木信一郎という男について、答えは二つしかなかったんだよ。容疑者の赤木兄妹と、関係があったか、なかったかのね。もし関係があったとなれば、兄妹が青木に頼んで、遠藤マリを殺したことになる。これなら、別に矢代が推理を働かせてなくても、ここの警察が赤木兄妹を逮捕してしまうだろう。だが、関係ないとなったので、警察は動けないんだ。ところが、川口刑事の答えで、矢代が動くとすれば、それは矢代の推理が、関係なしの結果と一致していたからだよ」

「なるほど」

「こうなると、矢代も殺されかねないよ。彼が、いくら死を覚悟している人間だとしても、われわれは、彼を死なせるわけにはいかないからね」

十津川がそういったとき、急に稚内署の中が、騒然となった。

十津川は、慌てて署長に会って、理由をきいた。

「やられました。赤木兄妹が、消えました」

署長が、蒼《あお》い顔でいった。

「消えたというのは、どういうことです?」

「張り込んでいたんですが、いつの間にか、二人があの店から消えていたんですよ!」

11

サロベツ原野は、うっすらと雪に被《おお》われていた。

赤木兄妹は、国道40号線から、雪のサロベツ原野の中の道路に車を入れた。

そのまま走ると、稚咲内《わっかさかない》海岸に出る。

この辺りは、砂丘になっている。日本海から吹きつけてくる風が強いので、雪が吹き飛ばされて、砂丘はむき出しになっていた。

海の向こうに、利尻《りしり》富士が見える。

兄妹は、車から降りて、砂丘林の遊歩道に入って行った。

この辺りは、大小六十の湖沼が点在し、トドマツやミズナラの森林があって、それをぬって延びる遊歩道は、夏なら若い観光客であふれるのだが、今は人の姿もなく、静かだった。

ただ、やたらに寒い。

突然、前方に人影が現われた。

「今日は」

と、相手がいった。突然だった。

「電話のことは、本当なのか？」

赤木卓郎《たくろう》が、矢代を睨むように見て、きいた。両手をコートのポケットに突っ込んでいる。

妹の赤木かおりは、黙って矢代を見ていた。

「ああ、本当だよ」

と、矢代はいった。

「信じられんな。あんたが、殺人の証拠を握っているなんてことは」

赤木が、眉をひそめて矢代を見た。

矢代は、微笑した。

「ひょっとすると、僕が、証拠をつかんでいるんじゃないかと思ったからこそ、ここへやって来たんだろう？」

「本当に、証拠を握っているのか？」

「ああ。君たちが、犯人だという証拠をつかんでいる」

「そんなの嘘よ」

と、赤木かおりがいった。

「とにかく、この男のいうことを聞いてみようじゃないか」

兄のほうがいった。

「私たちには、アリバイがあるのよ。こんな男は、無視していいわ」

妹が、甲高《かんだか》い声を出した。

それを聞いて、矢代が笑った。

「何がわかっているのか、いってみろ！」

と、赤木が怒鳴った。

矢代は白い息を吐いた。

「君たちは、遠藤マリさんが莫大な遺産を手に入れたのに、腹を立てていた。当然、自分たちのものになると思っていたからだ。そこで、憎い彼女を殺すことを考えた。彼女が死ねば、その財産は自分たちのものになるからだ」

「前置きはいいから、話を進めろ！」

と、赤木が怒鳴った。彼の吐く息も、白くなっている。

逆に矢代のほうは、落ち着いてしまった。

「遠藤マリさんは、殺したい。が、彼女が死ねば、当然、自分たちが疑われる。といって、金で誰かを雇って殺してもらったのでは、いつその人間に脅迫されるかわからない。そこで、君たちは、いろいろと計画を練《ね》ったんだ」

「どんな計画だ。教えてもらいたいものだね」

と、赤木がいった。

わかるものかという顔だった。

「遠藤マリさんが、札幌から稚内へやって来ることになった。遺産の主の墓参りにね。帰りは、上りの急行『天北』に乗ることも、わかった。遠縁であっても、親戚には違いないし、それを知るのは、難しいことじゃない。そこで、君たちは、殺人計画を立てたんだよ」

「どんな計画かね？」

「遠藤マリさんを殺す役は、あんたが引き受けた。そして、妹のほうは、札幌に行き、待ち構える」

「違うわ」

赤木かおりが、声をあげた。

「まあ、聞きなさい」

と、矢代がいった。

12

「妹のあなたは、札幌発一一時一〇分の急行『天北』に乗り込んだ。一方、稚内では、遠藤マリさんが一一時四三分発の上りの急行『天北』に乗った。

まさかこの列車の中で自分が殺されるなどとは、まったく考えずにですよ。その列車には、彼女を殺すために、兄の君も乗り込んだんだ」

「ちょっと待ってよ。マリは、下りの『天北』に乗って稚内に行こうとしていたのよ。車内で、変な男にからまれたんで怖くなって、美深で上りの『天北』に乗りかえたんだわ。そうしたら、その変な男も追いかけて来て、マリを殺したのよ」

かおりが、叫ぶようにいった。

「その謎解きもしてあげるよ」

と、矢代もいった。

「できると、思ってるの?」

「できるさ。僕は、何といっても当事者だからね。あなたは、殺された遠藤マリさんに顔がよく似ている。それを利用して、札幌から乗ったときは、遠藤マリさんになりすましていた。服装も稚内から乗ってくる遠藤マリさんと同じにし、髪形もね。これは、稚内にいて遠藤マリさんを監視していた君が、電話で教えたんだと思うね。それに、特徴のある香水だ。といっても、身体につけたのでは、あとで消せなくなるから、たぶん、ハンカチにでも染み込ませておいたんだと思う。下りの急行『天北』に乗り込んでから、あなたは適当な証人を探した。あとで警察で自分たちに有利な証言をしてくれる証人だ。遠藤マリさんのことを、よく知っている人間では困る。あなたの変装を見破られては困るからね。他にいくつかの条件が考えられる。札幌で乗ったあと、途中で降りるのでは困る。少なくとも、美深の先まで行く乗客であることが望ましい。それから、多少、ぼんやりした人間であることも望ましい。あまり、じろじろ見られては困るからだ。その条件に、僕がぴったりだったことになる。あなたは、札幌の駅で、僕が急行『天北』の切符を買うときから、観察していたんじゃないかと思うね」

矢代がいっている間、かおりは何かいいかけては、兄の卓郎に制止された。とにかく喋《しゃべ》らせてみろと、兄のほうは思っているらしい。

「光栄なことに、僕は、君たちの殺人計画の中の証人役に選ばれた。もちろん僕は、そんなことはまったく知らなかった。旭川を過ぎたところで、あなたは突然、僕の隣りにすわって、『助けてください』と声をかけた。僕は、当然だが、びっくりしてしまった。そうしておいて、他の車両に消えてしまう。うまい演出でしたよ。僕は呆然《ぼうぜん》として見送ったあと、彼女が心配になってきた。それは、君たちの計算通りだったわけだよ」

「それで？」

「あなたは、僕が車内を探すだろうと考えた。当然ですよ。若い美人に、助けてくれといわれたわけだからね。それを計算して、あなたは二つのことをやったんだ。第一は、最後尾の1号車の車内に逃げること、第二が大事なんだが、犯人を作ることだった」

「犯人？　何のことだ？」

「君たちが、名寄近くに殺して放り出しておいた青木信一郎のことだよ。あなたは、トりの『天北』の中から犠牲者を選び出した。若い男で、途中で降りるということが、条件だったと思う。美深までに降りる男が、一番望ましいわけだ。その男を見つけると、あなたがその男に頼み込む。車内で変な男につきまとわれて困っている。この1号車の車両にも来ると思うから、デッキのところで制止してくれとね。美人のあなたに頼まれて、青木信一郎は気負い立って、デッキで待ち構えていた。そこへ、あなたのいった通りの顔と、服装の僕がやって来た。そして、ケンカになった。僕のほうは、こいつが彼女を怖がらせている奴かと、思い込んでしまう」

「なかなか面白いが、証拠があるのか？」

「最後まで、喋らせてもらいたいね。そのために、君たちにここへ来てもらったんだ。僕は自分の座席に戻ったが、まだ気になっていた。美深を過ぎたところで、あなたは変装にとりかかった。というより、遠藤マリから、赤木かおりに戻ることにした。トイレで服装と髪形を変え、香水を染み込ませたハンカチを捨てたんだろうと思う。つまり美深で遠藤マリさんは消えたことになる。もう一人、僕とケンカした男も降りてしまった。もちろん、僕はそんなことは知らなくて、自分に助けを求めた女性はどうしているのか、そればかりを心配していたんだ。稚内まで行くといっていたから、まだ乗っていると思ってね。列車が音威子府に着いて、僕は、ホームにそばを買いに行った。あなたは、自分の変化の効果を確かめるために、わざと僕の横に来て、そばを注文した。当然、僕は、あれッと思う。よく似ていると思ったからだ。同一人だから、当たり前の話だったんだ。あなたは、何をいっているんだという顔をする。僕は驚いて見直すと、髪形も服装も違っているし、香水も匂ってこない。ああ、よく似ているが、別人なのだと思った。席に戻ったが、また彼女のことが心配になってきた。その効果まで、あなたが狙ったかどうかはわからないがね。僕は、車掌と二人で六両の車内を調べてまわった。6号車に、あなたはいたが、当然、彼女はいない。それに、僕にデッキでケンカを吹っかけてきた男も、消えていた。1号車にいるはずの彼女は、僕の眼の前を通らない限り、5号車か6号車には、移動できない。赤木かおりに戻ったあなたは、音威子府で僕に近づいたあと、6号車に移っていた。僕はそれで、こう考えた。彼女は、危険を感じて、美深で、この列車から逃げ、あの男が追いかけたのではないかとね」

13

「つまり、僕は君たちの望んだような証人に、仕立てられたわけだよ。一方、上りの『天北』の車内では、何も知らずに、本物の遠藤マリさんが乗っていた。君は、列車が美深を過ぎてから、彼女を殺して、トイレに押し込んだ。すぐ発見されても構わないし、むしろ発見されたほうがいいと考えていたに決まっている。さて、君は、次の名寄で上りの『天北』を降りると、今度は車で下りの『天北』を追いかけることになる。下りと共に終点の稚内に着く必要があったからだ」

「追いつけるはずがないよ」

と、赤木がいった。

矢代はニヤッと笑って、

「それが、楽に間に合うんだね。急行『天北』は、車両は特急用のブルートレインになったが、線路は昔のままで悪いし、牽引しているのもディーゼル機関車だから、スピードは出ない。駅できいてみたが、所要時間は、むしろ昔の急行『天北』よりかかっているんだ。特に天北線に入ってから、線路の状況は一層、悪くなっている。それに反して、道路状況は完全舗装の国道で、高速バスも走っている。地図を見ればよくわかるが、天北線はオホーツク沿岸を通るので、大回りするのに反して、国道40号線はほぼまっすぐ、稚内に向かっている。だから、車で飛ばせば、稚内の一つ手前の南稚内でゆっくり間に合うのさ」

「続けてみろ」

と、赤木がいった。

「上りの『天北』の車内では、トイレで遠藤マリさんの絞殺死体が発見されて、大さわぎになった。いや、大さわぎになってから、君は名寄で降りたんだな。死体は列車から降ろされ、名寄署で調査が始まった。身元は、すぐわかった。まあ、身元をかくすことをしておかないのだから、わかって当然だ。ただ、君は、殺したあと、上りの『天北』の切符の代わりに、下りの『天北』の切符を持たせておいた。切符は前日にでも二枚買っておいて、駅での入鋏や、車内検札を済ませた切符をね。警察は、上りの『天北』で殺されていたのに、なぜ、下り『天北』の切符を持っていたのかを問題にした。君たちの計画した通りになったわけさ。当然、警察は下り『天北』の車掌に訊問する。そして、次は、僕の出番ということになってくるわけだよ」

「おれたちを、誉《ほ》めてくれてるのか？」

「そうさ。誉めてるんだ。なかなか上手い計画だったからね。僕は、警察の訊問を受けた。この段階では、自分がはめられているとは、まったく思わなかったよ。ひたすら市民の義務を果たすという気持ちで証言していたんだ。彼女が僕の隣りにすわって、助けてくれといい、彼女を探していたら、妙な男にケンカを売られたことを話した。それに、音威子府を過ぎてから、車掌と探したら、彼女もその男も、消えていたこともね」

「立派な証言だ」

赤木は、馬鹿にしたようにいった。

「君たちにとってだろう」

と、矢代はいった。

「僕は、こう考えた。彼女は、車内で身の危険を感じて、僕に助けを求めた。だが、頼りにならないと感じて、美深で降りて、上りの急行『天北』に逃げ込んだが、犯人の男も追いかけて行って、絞殺したとね。僕の証言を聞いた警察も同じように考えて、僕の証言から犯人の、いや犯人と思われる男のモンタージュを作成して、手配した。一方、君たちには動機があったが、アリバイが成立した。問題の男、青木信一郎だが、彼は自分が犯人にされていることなど、まったく知らなかったと思うね。君たちにとって一番望ましいのは、この男が自分の立場にいつまでも気がつかず、どこかへ行ってしまってくれることだったと思うね。それでなければ、交通事故で死んでくれてもよかったわけだ」

「だが、殺されたよ」

「そうなんだ。殺された。殺したのは、君だね？」

矢代は、じっと赤木を見つめた。

赤木は、眼をそらせてしまった。

矢代は、やっぱり、という顔になって、

「君たち、いや、あなたは、犯人に仕立てる男の選択を誤ったんだ。ちょっと外見が悪の男を選んだら、そいつが本当の悪だったんじゃないのかね。簡単にいえば、チンピラだ。僕は奴とケンカしたとき、そう思ったよ。青木信一郎は、さすがに悪知恵が働くだけに、ニュースを見て、自分が利用されたことに気がついたんだ。そこで、君たちがどこに住んでいるかを調べあげて、脅迫したんじゃないかね？　君たちは、奴を殺さなければならなくなってしまった。あれは、完全な失敗だったね。あの男が殺され、しかも君たちと関係がないと、警察に教えられたとき、僕は、全てわかったと思ったんだよ」

「違うね」

「どこが違うかな？」

「青木信一郎がおれたちを脅迫したというのは、間違っている。脅迫されるような下手《へた》なことは、やらんさ」

「じゃあ、君のほうから殺しに行ったのか？」

「最初から殺すつもりだったよ。おれは、何でもきちんとしたい主義なんだ。自殺か事故死に見せかけて、殺すつもりだったから、妹がちゃんと電話番号を聞いておいたんだよ」

「じゃあ、なぜあんな殺し方をしたんだ？」

「失敗したのさ。あいつが予想外に暴れたので、仕方なくあんな殺し方になった。もし、自殺か事故死ということになっていたら、それでも、おれたちを疑ったかね？」

赤木がきいた。

矢代は、「さあね」といった。

「その時になってみないと、わからないね」

「一つ、ききたいことがある」

赤木は、相変わらずコートのポケットに両手を突っ込んだままで、矢代にいった。

「何だ？」

「なぜ、おれたちにしつこくつきまとうんだ？」

「これは、そっちが仕掛けたんだよ。君たちが何もしなければ、別につきまとったりはしなかったよ」

「そんなことを、いってるんじゃない。普通の人間なら、『天北』の車内で見たことを証言したら、それ以上のことはしないものだ。事件に関係するのは嫌だろうし、他に用もあるからだ。なぜ、そうしなかったんだ？」

「ああ、そのことか」

矢代は笑った。

赤木は、むっとした顔で、

「何が、おかしいんだ？」

「君たちは、人選を誤ったんだ。つまり、僕という人間を証人に選んだことが、間違いだったんだよ」

「どこが、間違っているの？」

かおりが、わからないという顔で矢代を見た。

「たぶん、僕がぼんやりした顔をしていたから、ちょうどいいと思ったんだろう。よくわかるよ。だが、僕は東京で、一人の人間を殺してきたんだ。君たちに話しても仕方がないが、家内の仇討ちだった。それで、もう思い残すことがなくなったと思い、思い出の北海道に死に場所を探しに来たんだ」

「――」

赤木兄妹は、矢代の言葉をどう受け取っていいかわからず、顔を見合わせている。

矢代は、そんな二人を眺めながら、

「君たちが何も仕掛けなかったら、僕は今頃、ノシャップ岬あたりで海に身を投げて、自殺していたかもしれなかったんだ。僕はあの『天北』に乗ってから、ずっと死んだ家内のこと、家内と去年、北海道に来たときのことを、考えていた。だから、ぼんやりして見えたんだと思うね。家内をはねた男を、僕もはねて殺した。家内の仇を討って、満足して、僕は死ねるはずだったんだ」

「それが、どうしたんだ?」

「あなたが、僕に助けてくれといった。そして、彼女と思われる女性が殺されて、死体で見つかった。それで、すっきり死ねると思っていたのに、また引っかかるものが出来てしまった。今年の夏、家内が大学生の車にはねられて死んだのも、病気で寝ている僕のために、病院に薬を貰《もら》いに行く途中だった。僕が病気にならなければ、薬を貰って来てくれといわなければ、彼女は死なずにすんだのだという思いが、ずっと僕を苦しめていた。彼女の仇を取ったとき、やっと僕は解放されて、すっきりした気分で死ねると思ったんだ。それなのに、また僕は重荷を背負ってしまった。車内で助けてくれといわれたとき、真剣に応《こた》えてやっていれば、すぐ車掌を呼んでいれば、彼女は殺されずにすんだのではないかという反省だよ。これを何とか解決しないと、すっきりした気分で死ぬことができないと思ったのだ」

「すっきり死にたいんだな?」

赤木が、一歩出た。

「そうだよ。君たちが逮捕されるか、君たちが二人の男女を殺したことを反省して、自殺するかすれば、僕もすっきりできるんだ」

と、矢代はいった。

赤木は、ニヤッと笑って、

「おれたちは、警察に逮捕されもしないし、まして自殺なんかはしないよ。お前さんさえ死んでしまえば、誰も疑う者はいなくなるんだ」

「僕を殺すのか?」

「死にたくて、北海道に来たんだろう? だから、殺してやるというんだ。すっきりとは、死ねないだろうがね」

赤木は、コートのポケットから手を出した。その右手に、ナイフが握られていた。

矢代は、一歩退《さが》った。

だが、その顔に怯えの色はなかった。

「君、僕のいったことをちゃんと聞いてなかったみたいだな」

「何を?」

「僕は、東京で家内をはねた大学生を殺した。仇を討って、北海道へ来たといったんだよ。大学生を殺したことに、僕は何の後悔もない。僕は警察なんか、信じてないんだよ。歯には歯をというのが、僕の生き方なんだ。そして、相手を殺した責任は、自分でとる。だから、君たちのことを警察にはいわずに、ここに呼び出したんだ」

矢代は、ゆっくりとナイフを取り出した。

逆に、赤木の顔に、怯えの色が走った。

矢代という人間が、急に怖くなったのだ。

矢代は、死ぬことを怖がっていない。そのことが、赤木の心に怯えを呼んだようだった。

矢代はナイフを手にして、無造作に赤木に近づいて行った。

赤木は、蒼い顔で、「畜生!」と叫びながら、やみくもにナイフを振りまわした。

その切っ先が矢代の腕をかすめて、血がにじみ出した。

だが矢代は、ニヤッと笑っただけである。

（殺された一人の女の仇を討って、あちらへ行ったら、京子もきっと喜んでくれるだろう）

と、矢代は思う。

赤木のナイフがまた、矢代の腕を切った。だが、その度に、赤木のほうが後ずさりしていた。

かおりは、ただ立ちすくんでいる。

矢代は、ゆっくりと狙いをつけて、右手のナイフを突き出した。

ナイフは、赤木の右足の太ももに突き刺さった。

赤木が、悲鳴をあげて転倒した。

「立てよ」

と、矢代は落ち着いた声でいった。

赤木はとうとう、尻尾《しっぽ》を巻いて、逃げ出した。刺された太ももから血を流しながら、赤木は、這《は》って逃げる。

ふいに、その前に、五、六人の人影が現われた。

「助けてくれ！」

と、赤木はその男たちに向かって叫んだ。

矢代は、ナイフを持ったまま、立ち止まった。

「刑事さんか？」

と、矢代は男たちに声をかけた。

「そいつとこの女が二人して、遠藤マリさんと青木信一郎を殺したんだ。この僕を、その殺人計画に利用してね」

「わかったから、君もナイフを捨てなさい！」

刑事たちの中から、十津川が、大声でいった。

矢代は、子供のように、いやいやをすると、ナイフを持ったまま、急にくるりと背を向け、海に向かって走り出した。

その矢代を逮捕するために、というより、彼を助けるために、刑事たちも一斉に海に向かって走り出した。

北の廃駅で死んだ女

1

国鉄時代、北海道の鉄道の長さは、四千キロといわれていた。

ＪＲに変わった現在、その長さは、二千八百キロになった。千二百キロが、消えてしまったのである。

北海道は、赤字ローカル線の多いことで有名だったが、最近になって、そうした路線が、次々に、廃線となっていったのだ。

その中には、名寄《なよろ》本線のように、幹線として期待されているものもあった。消えてしまった列車の代わりに、バスが走っているといっても、寂しいことに、かわりはない。

若い写真家の河西《かわにし》は、まだ、雪の残っている三月二十二日、廃止された天北《てんぽく》線をカメラにおさめたくて、千歳《ちとせ》行の飛行機に乗った。

天北線は、稚内《わっかない》に向かう宗谷《そうや》本線から、途中の音威子府《おといねっぷ》で分かれ、オホーツク側にまわって、稚内に到る線だった。

一時は、このルートのほうが、宗谷本線と呼ばれたこともあったのに、赤字が続き、平成元年四月限りで、廃止になってしまった。

河西は、この線が好きで、稚内へ行く時、よく、天北線を利用した。今でも、よく覚えているのは、小さな駅が、手入れの行き届いた花々で飾られていることだった。無人駅でも、近くの人々が、ホームに花壇をこしらえていた。それは、訪ねてくる客へのもてなしであると同時に、厳しい冬に耐えている、あの北方の人々の、花の咲く季節への憧《あこが》れだったのだろう。

河西は、千歳空港で、レンタカーを借り、それに乗って、音威子府に向かった。札幌を抜け、岩見沢《いわみざわ》まで、ハイウエイを走り、そのあと、国道12号線を、旭川に向かった。

旭川から先は、国道40号線を音威子府まで。見覚えのある音威子府の駅に着いたのは、午後三時過ぎである。

昨日降った雪で、駅も、町も、白く被《おお》われていた。

左にカーブしている宗谷本線のレールは、さすがに除雪されていたが、かつての天北線のレールは、雪に被われたままだった。

その天北線の代わりに、音威子府から、バスが出ている。昔の駅だった中頓別《なかとんべつ》や、浜頓別《はまとんべつ》は、バスターミナルになっていた。

河西は、レンタカーで、このバスの走る国道275号線を、走ってみた。道路は除雪されていて、両側に雪の山が生まれている。根雪《ねゆき》の上に、何度も、除雪された雪が、積み重ねられたとみえて、何重もの層が、出来ていた。

バスは、一時間に一本程度しか、走っていない。

かつての駅舎の傍に、バス停があるところもあれば、遠い場所に、バス停が設けられているところもあった。

河西は、いちいち、車をとめ、かつての駅舎のあった場所まで歩いて行き、写真を撮《と》った。

駅舎はこわされ、レールは、深い雪に埋もれ、ホームの駅名板だけが見えるところもあった。錆《さび》つき、雪の積もった表示板を見ていると、昔、その小さな駅に降りたときのことが、思い出された。赤色の一両か、二両の気動車から降りると、「ローカル線廃止反対」の垂れ幕が下がっていたのも、つい、この間のことのように、思い出されるのだ。

浜頓別で、オホーツク海に出る。ここから、北見《きたみ》枝幸《えさし》まで走っていた興浜北《こうひんほく》線も、廃止されてしまった。

浜頓別の駅舎は、バスターミナルになっている。

ここから、代替バスは、オホーツク沿いの国道238号線を走るのだが、かつての天北線と離れているために、山軽《やまがる》、安別《やすべつ》、飛行場前といった昔の駅の傍に、バス停はない。

その中の山軽は、小さな駅だった。ホームの長さは、二十メートル余りで、やっと、一両の列車が停車できる短かさだった。河西は、この小さな駅で、昔、降りたことがある。

白鳥の飛来で知られるクッチャロ湖に、この駅が、一番、近かったからだった。

山軽の駅も、雪に埋もれていた。駅名の表示板を、写真に撮る。

ホームの小さな待合室は、潰《つぶ》れかけていた。この辺《あた》りは、豪雪地帯だから、屋根に積もった雪の重さで、こわれ、それを直そうとする人もいないからだろうか。

河西は、ホームに積もった雪に、足をとられながら、潰れかけた待合室の傍まで、歩いて行った。

割れた窓ガラスのところから、中をのぞく。吹き込んだ雪が、分厚く積もっている。ホームの雪が解けても、この中の雪は、残っているのではないだろうか。

北国の旅館などに泊まると、中庭の雪が、陽当《ひあ》たりが悪いせいで、いつまでも残っている。

河西は、そんな景色を思い浮かべながら、のぞいていたのだが、急に、こわばった表情になった。

廃虚になった待合室の中に積もった雪から、人間の手らしきものが、突き出ていたからである。

2

河西は、浜頓別まで戻って、一一〇番した。

そのあと、河西が、山軽に戻っているところへ、道警のパトカーが、やってきた。

警官二人が、こわれた待合室に踏み込み、スコップを使って、残雪の山を、掘っていった。

やがて、一人の女の死体が、雪の中から、現われた。

セーターに、スラックス姿の若い女だった。

ホームの雪の上に、彼女の身体が、仰向《あおむ》けに横たえられた。刑事が、手袋をはめた手で、女の顔や、服にこびりついた雪を払い落とした。

美しい顔だと、河西は、思った。年齢は二十一、二歳だろうか。雪に埋もれていたせいか、透《す》き通るように、白く見える顔だった。

河西が、写真を撮ろうとすると、刑事の一人が、手で制した。

「なぜ、いけないんですか?」

と、河西は、文句をいった。

中年の刑事は、眉《まゆ》をひそめて、

「撮って、どうするんです?」

「別に、どうもしませんよ。僕は、カメラマンだから、何でも、記録しておきたいんです」

「事件かもしれないんだ」

「事件って、殺されたんですか?」

と、河西が、きいたが、その刑事は、答える代わりに、同僚の刑事に向かって、

「鑑識に、早く来るようにいってくれ。殺人《ころし》の疑いがある」

と、大声で、いった。
五、六分して、鑑識もやって来た。河西は、邪険《じゃけん》に追い払われ、仕方なしに、離れた場所に移動した。その代わり、刑事たちに気づかれないように、シャッターを、切り続けた。
刑事と、鑑識たちは、雪まみれになりながら、待合室の中の雪を、かき出し始めた。死んだ女の所持品を、探しているらしい。

その一方、検視官が、ホームの死体を、仔細《しさい》に調べていた。特に後頭部を念入りに診《み》ているところをみると、そこに、裂傷か、打撲傷があるのだろう。

かき出された雪の中から、白いショルダーバッグや、カメラが出てくるのが見えた。

河西は、ショルダーバッグの中身や、カメラに撮られているフィルムを見たいと思ったが、刑事たちは、さっさと、パトカーに運び込んでしまった。

死体も、運ばれて行った。

さっきの中年の刑事が、河西の傍にやってきた。彼は、改めて、三浦《みうら》と名乗ってから、

「発見した時の状況を、話してくれませんか」

と、いった。

「やはり、殺人なんですか?」

河西は、逆にきいた。

「それは、明日の新聞を見てください。それより、まず、ここへ、何しに来たのか、それから話してくれませんか?」

「僕は、カメラマンで、廃止になった赤字ローカル線の写真を、撮りに来たんです。天北線は、好きな路線だったんで、一駅ずつ、写真に撮ってきて、この山軽へ来たら、待合室の雪の山の中から、手首が突き出しているのが、見えたんですよ」

と、河西は、いった。

「それで、すぐ、一一〇番した――?」

「ええ。浜頓別に戻って、一一〇番したんです」

「現場で、何もしませんでしたね?」

「しませんよ。僕は、警官じゃないんだから、するはずがないでしょう?」

「写真は、撮りましたか?」

「何の写真です?」

「死体を発見した時の写真です。この駅の写真です」

「ええ、撮りましたが、それが、どうかしたんです

か？」

「ひょっとすると、提出していただくことになるかもしれませんのでね」

「つまり、殺人事件だからですか？」

「そんなところです」

と、三浦刑事は、いった。

すでに、陽《ひ》が暮れかけていた。三浦は、河西の住所と電話番号、それに、今後の旅行日程を聞き取ってから、パトカーで、帰って行った。

河西は、ぽつんと、ひとり、廃駅に取り残された。

待合室の周囲には、警察が、ロープを張り、「立入禁止」の札《ふだ》を下げていった。

河西は、もう一度、そのロープの外から、こわれた待合室を、覗《のぞ》いてみた。

刑事たちのかき出した雪が、ホームに、山となっている。その作業の邪魔になる窓や、柱は、叩《たた》きこわされて、それも、ホームに、放り出されていた。

冷気が襲いかかってくる。河西は、身体をふるわせた。警察が、立入禁止のロープを張っただけで、警官を置いていかなかったのも、たぶん、この寒さのせいだろう。それに、現場には、もう、何もないと思ったからか。

河西は、ロープをまたぎ、うす暗くなった待合室に、入ってみた。カメラマンとしての野次馬《やじうま》根性が、働いたのだ。

雪は、かき出されたが、それでも、残った雪が、解けずに、凍りかけていて、足元がすべる。

河西は、ライターを取り出して、火をつけた。

それで、待合室の中を、照らした。頭上の屋根は、半分以上こわれて、大きな穴があいている。死体を埋めた雪は、そこから降り積もり、ガラスのなくなっていた窓から、吹き込んだのだろう。

警察が、何もかも、持ち去ったので、待合室の中には、何も落ちていなかった。

河西は、肩をすくめて、外へ出た。

月がのぼって、雪に埋まったホームを、青白く、照らし出した。

刑事たちの足跡や、待合室からかき出した雪の汚れが、雪景色に、現実的なアクセントをつけていた。

(おれが、写真を撮りに来なければ、たぶん、雪解けの頃まで、この廃駅は、美しい雪景色の中で、眠っていたに違いない)

河西は、そんなことを考えながら、フラッシュをたき、何枚か、写真を撮った。

(おや?)

と、急に、河西が、シャッターにかけた手を止めたのは、フラッシュをたいた瞬間、雪の上で、何かが、光ったからだった。

それは、刑事たちが、スコップでかき出した雪の中だった。

河西は、雪の上に屈《かが》み込み、ライターの明かりで、それを探した。

小さな金属だった。手にとってみると、カフスボタンとわかった。

ポケットに入れ、自分の車に戻ってから、車内灯の明かりの下で、ゆっくりと、見直した。

プラチナか、或《あるい》は、プラチナゴールドだった。日本の家紋のカフスボタンである。

確か、これは、下《さが》り藤《ふじ》の家紋だろう。よく見れば、小粒のダイヤが、何粒も、埋め込まれている。

(贅沢《ぜいたく》なものだな)

と、河西は、感心した。

死体を掘り出した刑事や、鑑識が落としたとは、思えなかった。

刑事たちが身につけるには、贅沢過ぎるからである。たぶん、死体と一緒に、雪の中に埋もれていたに違いない。

河西は、車を稚内まで走らせ、三浦刑事に話したように、そこで、一泊することにした。

3

翌二十三日になると、死体の解剖結果が出た。

死因は、後頭部を強打されたことによる頭蓋骨《ずがいこつ》破損である。道警の刑事たちが考えたように、殺人なのだ。

死亡推定時刻は、三月二十一日の午後四時から五時の間だろうという。

その後、雪が降り、死体は、その下に埋もれたために、腐敗は進行していず、きれいなままでいた。

ショルダーバッグの中には、シャネルのハンドバッグ、下着、化粧バッグなどが入っていたが、身元を証明するものは、見つからなかった。

ハンドバッグの中には、十七万一千円の入った財布があったから、物盗《ものと》りの犯行ではないのだ。

カメラは、コンタックスT1で、十万円以上するものである。だが、フィルムは、入っていなかった。道警では、犯人が、抜き取ったものと、判断した。フィルムの入っていないカメラを、持ち歩くとは、考えられなかったからである。

死体は、指輪も、腕時計も、身につけていなかったが、これも、犯人が、持ち去ったに違いない。

捜査本部は、稚内署におかれ、佐伯《さえき》警部が、指揮をとることになったが、彼は、捜査会議の席で、

「もう一つ、おかしいのは、被害者の服装です」

と、本部長に、いった。

「三月とはいえ、かなり寒いと思われるのに、セーターと、スラックスという格好でした」

「その上から、何か羽織っていたということかね？」

「そうです」

「なぜ、それが、失《な》くなっているのかね?」

「恐らく、そのコートに、名前がついていたか、特別に作らせたもので、持ち主を特定できるものだったからだと思います。この事件の犯人は、被害者の身元を隠すのに、非常に熱心です。指輪や、腕時計などが、失くなっているのも、そのせいだと思われます」

「指紋の照会はしているのかね?」

「すでに、警察庁に、送ってあります」

「あとは、顔写真の公開などで、身元を調べるより仕方がないな」

「そうです」

「この顔写真だが」

と、本部長は、黒板に、ピンでとめた女の写真に眼をやって、

「なかなか、美人だね」

「生きている時は、もっと魅力的だったと思います。身長一七五センチ、体重四八キロ、色白で、きれいに、マニキュアしていました」

「女性にしては、長身だね」

「そうです。長身を生かした仕事をやっていた女かもしれません」

「と、いうと?」

「例えば、モデルです。あの業界では、一七五センチは、低いほうだそうですから」

と、佐伯は、いった。

指紋の照会は、無駄だった。前科者カードにないという返事だったからである。

二十四日の朝刊に、事件の記事と、被害者の顔写真が、載《の》った。

それで、女の身元がわかるという保証はなかった。死顔と、生きていた時の顔とは、まったく別人に見える時も、あるからである。

佐伯は、テレビ局にも、協力を要請した。特に、全国ネットのテレビ局には、ニュースで取り上げるとき、心当たりの人は、すぐ、道警に連絡してくれるように、アナウンスすることを頼んだ。

夕刊にも、同じ要望を、載せてもらった。

だが、これはと思える連絡は、いっこうに、入って来なかった。

テレビ局や、捜査本部に、まったく、連絡がなかったわけではない。

問い合わせの電話は、何本か入ったのだが、身長一七五センチといっているのに、小柄な一人娘かもしれないという母親からの電話だったり、死んだのは三月二十一日と、報じているのに、翌日から行方不明になった恋人の問い合わせだったりするのである。

佐伯たちは、他の方法による身元確認を考えた。ショルダーバッグを下げ、カメラを持っていたことを考えれば、被害者は、観光客に違いない。

何処《どこ》から来たのかはわからないが、佐伯は、東京、大阪といった大都会に絞り、また、モデルだったのではないかということで、東京、大阪のモデルクラブにも、照会してみた。

この方針が、功を奏して、東京のモデルクラブ「KMG」から、ひょっとすると、うちにいた戸上《とがみ》みどりかもしれないという連絡があった。

身長、体重など、身体のサイズを添付《てんぷ》した写真を、送ってきた。

顔はよく似《に》ているし、血液型も、A型で、合致している。KMGでは、彼女が、今年の三月中旬から行方不明になっているとも、電話で、伝えて来た。

条件は、被害者とおおむね合致した。

佐伯は、東京の警視庁に連絡して、この戸上みどりのことを、調べてくれるように、要請した。死体が発見された三日後、三月二十五日の午後である。

4

河西は、まだ、稚内にいた。

二十四日までは、道警の要請によるものだったが、二十五日は、河西自身の判断だった。

二十四日には、三浦刑事が、旅館に訪ねて来て、河西の撮った写真を、全部、見せるようにいった。

仕方なしに、見せると、そのうち、山軽の廃駅で、捜査状況を撮ったフィルムは、押収されてしまった。

「これは、撮るなといったはずですよ」

と、いうのである。

河西は、腹が立ったので、現場で拾ったカフスボタンのことは、三浦に、話さなかった。

二十五日の夜のテレビは、被害者が、東京のKMG所属のモデルだったらしいと、報じた。

モデルクラブのマネージャーが、テレビの画面で、彼女のことを喋《しゃべ》った。

「うちでは、売れっ子のモデルでしたよ。二、三日休みをとって、温泉めぐりをして来たいといいましてね。それから、何の連絡もなかったです。心配して、探していたんですが、こんなことになるなんて、本当に、びっくりしています」

「ひとりで、温泉めぐりに行かれたんでしょうか？」

と、レポーターが、マイクを差し出して、きく。

「それは、私どもにもわかりません。彼女のプライバシーですから」

と、マネージャーが、答えた。

画面には、去年秋のファッションショーで、活躍する戸上みどりの姿が、映し出されている。

毛皮ショーなので、彼女は、一着数千万円もする毛皮のコートを羽織っている。いかにも、高価な毛皮が似合いそうな女に見える。

その彼女が、天北線の廃駅で、雪に埋もれて死んでいたというのが、河西には、どうも、納得できなかった。

華《はな》やかな世界と思われるモデル業界の女が、旅行が好きで、しかも、廃線になったローカル線が好きだということがあっても、おかしくはない。

河西も、美人女優で有名なSが、仕事のない時は、化粧のない顔で、ジーンズに、スニーカーという格好で、カメラ片手に、小さな漁港をめぐり歩いているのを知っていた。

だが、戸上みどりが、雪に埋もれて死んでいたのは、ぴんと来ないのである。

果たして、彼女は、カメラを持って、山軽の廃駅を写しに来たのだろうか？

三月二十一日には、あの辺りには、大雪が降った。

その前も、あの辺りは、深い残雪が、被っていたと聞いた。戸上みどりは、その残雪を踏みしめて、廃駅に行き、写真を撮っていたのだろうか？

（どうも、想像しにくいな）

と、思ってしまうのだ。

しかし、彼女のカメラから、フィルムが抜かれていた。おそらく、彼女を殺した犯人が、フィルムを抜き取って行ったのだろう。と、すれば、彼女が、何かを撮ろうとしていた、或いは、撮ったのは、間違いないことになってくる。

河西は、テレビを消すと、もう一度、下り藤のカフスボタンに眼をやった。

これが、犯人のものだとすると、犯人は、金持ちか、お洒落《しやれ》かのどちらかだろう。それとも、貰《もら》い物だったのか？

5

東京の警視庁では、道警の要請を受けて、被害者戸上みどりの交友関係を、調べることになった。

十津川《とつがわ》は、亀井《かめい》と西本《にしもと》に、調査を命じていたが、二人が戻って来る前に、上司の三上《みかみ》刑事部長に、呼ばれた。

「北海道の事件だがね」

と、三上は、十津川に椅子《いす》を勧《すす》めてから、切り出した。

「戸上みどりのことでしたら、今、亀井刑事と、西本刑事の二人が、調べています」

「わかっている。彼女の交友関係を調べているんだろう？」

「そうです。道警の話では、犯人は、カメラのフィルムを抜き取り、身元が確認できるものを、剝《は》ぎ取ったと思われます。と、いうことは、顔見知りの犯行の線が強いと思うので、彼女の交友関係、特に、異性関係を、重点的に調べさせています」

「今日じゅうに、結果が出るかね？」

「そう願っていますが」

「もし、特定の男の名前が出てきたら、道警に連絡する前に、私に、報告してほしい。いや、道警には、私から、連絡するよ」

と、三上は、いった。

確かに、道警からの捜査協力の要請は、正式には、向こうの本部長から、こちらの三上刑事部長を通して行なわれる。しかし、そのあとは、刑事同士で連絡し合うことが多い。そのほうが、効率的だからである。

それが慣習になっているので、十津川は、妙な気がしたが、部長の指示だから、おとなしく、「わかりました」と、いって、自分の部屋に戻った。

夜になって、亀井と、西本の二人が、帰って来た。

「戸上みどりの異性関係は、かなり派手だったようです。パリへ行った時も、向こうで、フランスの男性と親密になって、それを、週刊誌に書かれたことがあります。しかし、特に親しかった男性というのは、数が限られていて、いろいろな人間に会ってきいた結果、今のところ、二人に絞られると思います」

と、亀井は、いい、その二人の名前を書いたメモを、十津川に見せた。

○永井《ながい》　哲也《てつや》（三十歳）Kテレビの若手のプロデューサー

○久保田《くぼた》　剛《たけし》（二十六歳）TVタレント。将来を嘱《しょく》望《ぼう》されていて、歌手としても、何枚かレコードを出している。

二人の写真も、添えられている。

「二人とも、なかなか美男子だね」

と、十津川は、印象をいった。

「それに、今の時代の花形職業でもあります」

と、亀井が、いう。

「三月二十一日のアリバイは？」

「永井のほうは、二十日から三日間、休暇をとっています。彼にいわせると、自宅マンションで、ゆっくりと、休みをとっていたといいますが、独身ですから、証明はできません」

「久保田のほうは、どうなんだ？」

「面白いことに、彼は、新しく出したレコードの宣伝に、北海道へ行っているんです。小樽《おたる》を歌った曲のために、一週間、道内をまわったというわけです。三月二十一日には、旭川《あさひかわ》にいたと、いっています」

「面白いね」

「従って、二人とも、明確なアリバイはありません」

「動機は、どうなんだ？」

と、十津川がきくと、今度は、西本刑事が、

「二人とも、戸上みどりとの間には、別に問題がなかったので、殺すような動機はないと主張しています。しかし、われわれが調べたところ、戸上みどりは、一度、子供を堕《お》ろしたことがあります。四カ月前ですが、彼女の女友だちの言《げん》によると、この件で、相手の男を、ゆすっていたのではないかというのです」

「ゆすっていた？」

「ええ。被害者に酷《こく》ないい方かもしれませんが、彼女は、贅沢が好きで、やたらに、お金を欲しがる女だったそうです。相手の男を、ゆすっていたとしてもおかしくはありませんし、彼女のほうには、ゆすっているという意識はなかったのかもしれません」

「だが、相手は、ゆすられていると思ったか？」

「そう思います」

「堕ろした子供が、この二人のどちらの子供か、わかるのかね？」

「調べれば、わかるはずです」

「彼女は、所属のモデルクラブに、温泉めぐりをしてくるといって、休みをとったことになっているんだが、その点は、どうなんだ？」

と、十津川は、きいた。

亀井が、自分の手帳のメモを見ながら、

「モデル仲間の話では、彼女に、温泉めぐりをするような趣味はなかったようです。ただ、最近、カメラに興味は持っていたと、いっています」

と、いった。

十津川は、二人の男の名前を書いたメモと、顔写真を持って、三上刑事部長の部屋へ行った。

三上は、慌《あわ》ただしく、二人の名前を見、写真を見ていたが、

「ご苦労さん。すぐ、道警の方へ、連絡してやってくれ。向こうでも、待っているはずだから」

と、いった。

十津川は、呆気《あっけ》にとられて、

「それは、部長が、道警にお伝えになるんじゃなかったんですか？」

「いや、君から話してくれたほうが、正確に伝わるだろうからね。頼むよ」

と、三上はいい、それで、窓の方に眼をやってしまった。

十津川は、首を傾《かし》げながら、部長室を出た。

なぜ、急に、三上の態度が変わったのか、見当がつかなかったからである。第一、捜査一課長を飛び越えて、刑事部長の三上が、十津川に指示してきたのも、不思議なのだ。そういう場合があれば、本多《ほんだ》捜査一課長を同席させるのが、常識だった。

従って、三上部長の指示には、どこか、秘密めいた匂いがあったといえる。それなのに、急に、無関心になってしまったのは、なぜなのだろうか？

十津川は、部屋に戻ると、亀井に、改めて、道警への連絡を頼んでおいて、課長室へ、足を運んだ。

本多捜査一課長に、黙っているわけにはいかなかったし、報告する義務も、あったからである。

北海道の事件で、二人の容疑者が浮かんできたことを話したあと、三上部長のことも、本多に伝えた。

「私が、話したことは、部長には、黙っていてください」

と、十津川は、いった。

本多は、笑って、

「もちろん、いわないさ」

「私には、どうにも、わからないのですよ。道警の

協力要請について、いちいち、部長が指示されることはなかったですし、また、必ず、私を通せといわれたのに、いざ、報告すると、今度は、まったく無関心な顔をされたんです」

「確かに、おかしいな」

「気まぐれな人ですが、殺人事件で、いい加減なことは、いわれないと思うのです」

と、十津川が、いうと、本多は、

「そうだよ。むしろ、部長は、仕事では、慎重な人だ」

「ひょっとすると――」

「ひょっとすると、何だね？」

「部長は、お偉方《えらがた》と、よく、会っていますね？」

「ああ。部長になれば、政財界の人とのつき合いも生まれてくるし、三上部長は、それが、嫌いじゃないからね」

と、本多は、笑った。

「その中の一人から、部長は、いわれたんじゃないでしょうか？　今度の事件について」

「どんなことをだね？」

「北海道で殺されていた戸上みどりについて、われわれは、道警に依頼されて、彼女の男関係を調べています。それに、自分の名前が、出て来ないかどうか、心配になった政財界人がいるんじゃないかと、思うんです」

十津川が、いうと、本多は、「なるほどねえ」と、うなずいた。

「部長は、君の答えの中に、頼まれていた名前がなかったので、ほっとしたのかもしれないね。安心して、道警への連絡を、自由にやってくれと、いったんだろう」

「そう思います」

「いいじゃないか。もう、部長に気がねなく、君が、自由に、道警に協力したらいいんだ」

「そうなんですが――」

「浮かない顔をしているが、まだ、心配なことがあるのかね？」

本多が、眉を寄せて、きいた。

「心配というよりも、疑問です。戸上みどりについて調べたところ、二人の男の名前が浮かんで来ました。それが、そこに書きました永井哲也と、久保田剛ですが――」

「この二人は、被害者と、関係があったんだろう？」

「そうです」

「それなら、容疑者として、調べるのは、当然だよ」

「ですが、問題のXが、浮かんでいません」

と、十津川は、いった。

「Xって、三上部長が、政財界の偉い人から、頼まれたのではないかという人物かね？」

「そうです。もし、これが当たっていれば、そのXは、被害者の戸上みどりと、関係があったはずです。そうでなければ、わざわざ、刑事部長に、調べてくれと、頼んだりはしないと思うのです」

「そうだろうね」

「永井と、久保田ではないとすると、なぜ、Xが浮かんで来なかったのか。それが、疑問になって来たんです」

「この二人以外には、男の名前は、浮かばなかったのかね？」

と、本多が、きく。

「異性関係は、派手な女性だったらしく、他にも、何人か、いたようです」

「それなら、Xは、その中に入っていたんだろう。まあ、X氏にとっても、良かったじゃないか。逆にいえば、X氏は、自分で心配したほど、彼女にもてていなかったということにもなるんだがね」

と、いって、本多は、笑った。

十津川は、自分の席に戻っても、疑問は、消えてくれなかった。

Xの名前がわかれば、簡単に、疑問は、解けるのだが、まさか、三上刑事部長に、Xさんに頼まれましたかと、きくわけにはいかないし、きいたところで、本当のことを話してくれるはずがなかった。Xには、内密でといわれているに違いなかったからである。

「道警には、二人の名前を、伝えておきました。顔写真も、電送しました。あとは、二人のどちらが、現場近くで、目撃されているかということになるでしょうね」

と、亀井が、十津川に、報告した。

「ああ、ご苦労さん」

「どうされたんですか？　これから先は、道警の仕事ですが」

「二人の他に、浮かんだ男の名前は、メモしてあるかね？」

「ありますが、関係がうすいか、確かなアリバイのある男ばかりですが」

「いいよ。教えてくれ」

と、十津川は、いった。

亀井は、三人の男の名前を、見せた。

その中に、十津川が、知っている名前は、なかった。

亀井にきくと、この三人は、まだ無名の二十五歳のタレント、同じモデルクラブの男のモデル、それに、売れないシナリオライターだという。

（どうも、Xではないようだな）

と、十津川は、思った。それでも、十津川は、念のために、その三人の男の名前を、自分の手帳に、写しておいた。

亀井は、じっと、そんな十津川を見ていたが、

「どうもわかりませんね。その三人が、気になるんですか？」

と、きいた。

「いや、ただ、念のためにね」

「しかし、その三人が、犯人だという確率は、ゼロだと思いますよ」

「わかっているさ」

と、十津川は、いった。

6

稚内署に設けられた捜査本部は、警視庁が送ってきた永井と、久保田の顔写真をもとにして、現場付近の聞き込みを始めた。

さすがに、問題の廃駅近くで、二人を目撃したという人間は、いなかったが、久保田が、二十一日に、音威子府《おといねっぷ》から、稚内行のバスに乗っているのを見たという目撃者が、現われた。

目撃者は、地元のＯＬで、熱心な久保田のファンだった。

彼女は、音威子府に住んでいて、十八日には、札幌《さっぽろ》の小ホールで開かれた久保田の新曲発表会を、聞きに行っている。

二十一日に、旭川へ行こうと思い、ＪＲの駅へ歩いているとき、久保田を見かけたというのである。

久保田は、そのとき、稚内行のバスに乗ったと、証言した。

道警の三浦刑事が、同僚の前島《まえじま》刑事と、その証言を確かめるため、すでに、帰京している久保田に会う目的で、飛行機で、東京にやってきた。

亀井が、羽田《はねだ》に迎えに行き、二人を、パトカーで、久保田のいるプロダクションに、案内した。

久保田の訊問には、亀井も、立ち会った。

久保田は、三浦刑事の質問に、あっさりと、二十一日に、問題のバスに乗ったことを、認めた。

「あの日は、夜の八時まで、暇が出来たんで、稚内へ行ってみたんですよ」

と、久保田は、いった。

「なぜ、音威子府から、わざわざ、バスに乗ったんですか？」

三浦が、当然の質問をする。

「それはですね。前に、天北線に乗ったときのことを、思い出したからですよ。それで、音威子府で降りて、オホーツク回りのバスに、乗ったんです。帰りは、宗谷本線にしましたが」

「昔の山軽駅で、降りたんじゃありませんか？」

「彼女が、死んでいたところですか？　いや、降りずに、稚内まで、行きましたよ」

と、久保田は、いった。

「何時のバスに、乗ったんですか？」

と、前島刑事が、きいた。

「正確な時間は、覚えていませんが、かなり早かったですよ」

「稚内に着いたのは？」

「昼過ぎでしたね。ずいぶん、時間が、かかりましたよ。だから、稚内には、あまり長くいられませんでした」

「帰りは、何時に、稚内を出たんですか？」

「それは、よく覚えています。急行『礼文《れぶん》』に乗らないと、旭川に、八時までに、戻れませんのでね。一六時〇六分の急行『礼文』に乗りました。旭川に着いたのは、一九時五六分で、かろうじて、間に合いました。いや、十分ぐらい遅れたのかな」

「すると、稚内にいたのは、四時間足らずということですね？」

「ええ」

「稚内にいたことを、証明できますか？」

と、三浦がきくと、久保田は、考えてから、

「駅前の食堂で、おそい昼食をとったんですが、その時、サインを頼まれましてね。色紙《しきし》に、サインしました。確か、近江《おうみ》食堂という名前でした。その名前を、色紙に書いた覚えがありますから」

と、いった。

その証言を確認するために、三浦が、稚内署に、電話連絡している間、亀井は、パトカーで待つことにしたが、運転席に腰を下ろしているところへ、無線電話が、入った。

「私だ」

と、十津川が、いった。

「今いるところは、新宿《しんじゅく》だったね？」

「そうです。新宿駅西口です」

「帰りに、明大前《めいだいまえ》へ寄ってくれ。私も、これから、明大前へ行く」

と、十津川が、いった。

「事件ですか？」

「そうだ。殺人未遂だ。被害者は、病院に運ばれたが、意識不明だよ」

「明大前の何処《どこ》ですか？」

「『スカイマンションめいだいまえ』の３０６号室だ」

「わかりました。道警の一人を、ホテルへ送ってから、急行します」

「いや、連れて来てくれ」

と、十津川は、いう。

「向こうの事件と、関係があるんですか？」

「あるかもしれないんだ」

と、十津川は、いった。

7

甲州《こうしゆう》街道から、少し入ったところに、「スカイマンションめいだいまえ」があった。

亀井が、三浦と前島の二人を連れて、到着すると、十津川が、迎えて、

「河西というカメラマンを、ご存じと思いますが」

と、三浦に、いった。

「ええ。今度の事件で、死体の発見者ですが」

「殺されかけたのは、その河西です」

と、十津川は、いい、306号室に、案内した。

1LDKの部屋である。

カメラマンの部屋らしく、調度品は、あまりなかったが、カメラだけは、いいものが、三台も、置いてあった。

バスルームが、現像室になっている。

「河西が、帰宅したところを、犯人が、背後から、殴《なぐ》りつけたようです。そうしておいて、部屋に入って、家捜《やさが》しをしているところへ、隣室の学生が帰宅して、犯人は、慌てて、逃げたんです。おかげで、河西は、一命を取り留めました。まだ、意識不明ですが」

と、十津川は、三浦に、説明した。

「北海道の事件と、関係があるんでしょうか？」

と、三浦が、きいた。

「わかりませんが、その可能性があると思って、お二人に、来てもらったんですよ」

「しかし、ただ、第一発見者というだけのことですからねえ」

三浦が、当惑した顔で、いった。

「河西は、カメラマンでしょう。とすると、彼が、犯人にとって、不利なものを、写していたんじゃありませんか？　犯人は、それを見つけようとして、河西を殺そうとし、家捜しをしたんじゃありませんかねえ」

と、亀井が、いった。

だが、三浦は、言下《げんか》に、

「それは、ありませんよ」

「なぜ、ないといい切れるんですか？」

亀井が、不思議そうに、きく。

「実は、彼には悪かったんですが、撮ったフィルムを、全部、見せてもらったんです。しかし、人間は、一人も写っていませんでした。また、捜査の助けになるようなものもです。従って、北海道の事件のせいで、河西が襲われたとは、思えないんですが」

と、三浦は、いった。

「そうなんですか」

亀井は、肩をすくめるようにして、いった。

三浦と、前島が、今日泊まるホテルに帰って行ったあと、亀井は、十津川に、

「どうやら、二つの事件は、結びつかないようですね」

と、残念そうに、いった。

「まだ、そうと決まったわけじゃないさ」

「しかし、河西が撮ったフィルムが、事件に無関係とすると、襲った奴《やつ》も、関係ないんじゃありませんか？」

「カメラマンだからといって、カメラだけで、世の中とつながっているわけじゃないだろう」

と、十津川は、いった。

「そうですね。今度の事件の容疑者と、河西の人間関係を、調べてみましょう」

「その時には、永井と、久保田の他に、例の三人との関係も、調べてほしいね」

と、十津川は、いった。

十津川は、帰りに、河西の運ばれた病院に寄ってみたが、彼の意識は、まだ、戻っていなかった。

世田谷《せたがや》署に、捜査本部が設けられ、亀井たちは、河西の交友関係を、洗っていった。

しかし、十津川が期待した結果は、出て来なかった。

永井、久保田の二人はもちろん、他の三人の名前も、その捜査の中で、出て来ないのである。

殺された戸上みどりの名前もだった。この六人と、いくら調べても、河西は、交叉《こうさ》しないのだ。

「どうやら、私の思い違いだったようだ」

と、十津川は、亀井に、いった。

亀井は、なぐさめるように、

「しかし、まだ、そうと決まったわけじゃありませんよ」

「道警が、河西が撮った写真を、送って来たんだ。それを見たが、事件と関係があるようなものは、一枚もなかったよ」

「そうですか」

「だから、河西は、向こうの事件とは、無関係に、襲われたんだ」

「しかし、警部、いくら調べても、河西は、他人《ひと》に恨《うら》まれるようなことはしてないんです」

「だから？」

「河西は、他のカメラマンに嫉《ねた》まれるほど、有名じゃありません。それに、彼が、得意としていたのは、人物じゃなくて、風景です。いわゆる社会派でもありません。ですから、写真の題材で、恨みを受けるということも、考えにくいんです」

「河西の女性関係は、どうなんだ？」

「ガールフレンドはいます。しかし、結婚を約束してもいませんし、彼女のほうも、結婚を望んでいませんでした。従って、女性問題で、彼が狙《ねら》われていたということは、考えにくいのです」

亀井は、一つ一つ、河西が襲われる理由を、消していった。

「つまり、河西が襲われたのは、やはり、北海道の事件のためだといいたいわけだね？」

と、十津川は、亀井に、いった。

「そうです。他に、理由が、考えられないのですよ」

「しかも、犯人は、河西の部屋を、家捜しした形跡《けいせき》がある。そのために、河西は、襲われたともいえるんだ。だが、三浦刑事たちの話で、彼が撮った写真のためではないとわかった」

「しかし、何か、河西は、持っていたんですよ。向こうの事件に繋《つな》がるようなものを」

と、亀井は、いう。

十津川は、じっと、考え込んでいたが、

「例の三人だがね」

「はい」

「あの中で、アリバイがあいまいなのは、誰だね？」

「原田利夫《はらだとしお》。二十六歳。売れないシナリオライターです」

「アリバイは、どんなふうにあいまいなんだ？」

「仕事がない時は、朝から夜まで、パチンコをやっているというわけです。それも、一店で、ずっとやるのではなく、何店も、渡り歩くそうです」

「二十一日もかね？」

「二十日も、二十一日も、二十二日もです」

「なるほど、あいまいだね。それで、死んだ戸上みどりとの関係は？」

と、十津川は、きいた。

「Wテレビで、原田が書いたシナリオで、三時間のドラマをやったときがありまして、それに、彼女が出演したんです。これは、半年前ですが、その時に、原田のほうから、誘って、交際が始まったようです」

「三時間ドラマ？」

「スペシャル番組です」

「売れないシナリオライターに、そんなスペシャル番組を、よく任《まか》したね」

「そうですね」

「Wテレビに電話して、なぜなのか、きいてみてくれないか」

と、十津川は、いった。

亀井は、すぐ、Wテレビの編成局長に、電話できいていたが、受話器を置くと、

「原田の才能を買ったんだそうです。今は、売れていないが、きらりと光る才能があり、それを、買ったと、いっています」

「三時間ものだと、制作費も、多額だろう?」

「そうです。有名なタレントが、沢山《たくさん》出ていますから、一億円は、軽くオーバーしたと思いますね」

「それなのに、きらりと光る才能だけで、無名に近いシナリオライターを起用するかね?」

「本当の理由をきいて来ます。関係者に当たって」

と、亀井は、いった。

亀井は、西本刑事を連れて、出かけて行った。

戻って来たのは、深夜になってからである。

「苦労しました。なぜか、この件では、関係者の口がかたくて」

と、亀井は、いきなり、苦笑して見せた。

「だが、きき出したんだろう?」

「ええ。きき出しましたよ。原田利夫は、実は、原田周一郎《しゅういちろう》の次男なんですよ」

「原田周一郎? 聞いたような名前だが――」

「M製薬の社長ですよ。国務大臣をやったこともあります」

「ああ、思い出した」

と、十津川は、うなずいた。

「M製薬は、例の三時間ドラマのスポンサーになっています」

と、亀井は、いった。

「なるほどねえ。それで、彼の息子の原田利夫が、シナリオを書くことになったのか?」

「そうなんです。テレビ局も、番組を制作するプロ

ダクションも、スポンサーに弱いですからね」

「M製薬の社長は、大変な個人資産の持ち主だろう?」

「そうです」

「その子供なら、いくら売れないシナリオライターだって、朝から夜まで、パチンコで時間を潰しているというのは、おかしいな。彼は、どんなところに、住んでいるんだ?」

「売れないシナリオライターというので、調べませんでした。どうせ、貧乏暮らしだと思って」

「調べよう」

と、十津川は、いった。

翌日、十津川は、原田利夫の住所を、亀井と、訪れてみた。

目黒《めぐろ》のマンションの一室だった。真新しいマンションで、2DKの部屋である。

「いい所に住んでるじゃないか」

と、十津川は、いった。

都心のマンションには珍しく、駐車場付きである。管理人にきいてみると、506号室に住む原田利夫は、国産だが、スポーツ・カーを、持っているという。

(やはりだな)

と、十津川は、思いながら、エレベーターで五階にあがって行った。

原田は、在宅していた。彼は、居間で、自分が書いた三時間ドラマを、ビデオで観《み》ているところだった。

「こうやって、観返してみると、いろいろと、自分の脚本《ほん》の欠点が見えて、参考になりますよ。活字では面白いと思っても、映像になると、まったく詰《つ》まらないというものが、ありますからね」

と、原田は、十津川たちに向かっていい、手を伸ばして、テレビを消した。

十津川は、ちらりと、テレビに眼をやっただけで、

「戸上みどりさんのことで、伺《うかが》ったんですがね」

「そのことなら、そちらの刑事さんに、警視庁まで顔を出して、くわしくお話ししましたよ。つき合いのあったことは、認めているんです。ただ、僕は、売れないシナリオライターですからね。向こうが、まともに、相手にしてくれませんでしたよ。それにしても、亡《な》くなったと聞いて、ショックを受けています」

原田は、微笑した。彼女の死を悼《いた》む感じはなかった。

「シナリオライターとしては売れなくても、あなたは、M製薬社長の息子さんでしょう？　こんないいマンションに住み、スポーツ・カーも、持っていらっしゃる。それに、若くて、ハンサムだ。女性から見れば、魅力的な相手なんじゃありませんか？」

と、十津川は、いった。

原田は、肩をすくめて、

「世の中は、そんなに甘くありませんよ。シナリオライターとしては、まだ無名。これは、厳然たる事実ですからね」

「パチンコを、よくやられるそうですね？」

「ええ。暇がありますからね。よくやりますよ。安あがりの時間潰しには、一番いいんです」

「二十一日も、パチンコを、やっておられた？」

「ええ。まあ、二十一日に限らず、連日のように、やっています。二十一日も、たまたま、朝から夜まで、やっていたというだけのことです」

「それも、一つの店ではなく、いくつもの店でやるということですが？」

「ええ。あきっぽいんでしょうね」

と、原田は、笑った。

「写真は、お好きですか？」

「え？」

「そこにあるカメラは、かなり高価なものじゃありませんか？」

十津川は、無造作に置かれたカメラに、眼をやった。

「ああ、コンタックスの安いやつですよ」

「安いといっても、国産カメラに比べると、高いんでしょうね？」

「十二万かな」

と、原田は、いった。少しばかり、自慢げないい方だった。

「それを持って、日本全国を、撮って歩かれるわけですか？」

亀井が、きくと、原田は、慌てた表情になって、

「いや、私は、なまけものだから、旅はあまり好きじゃありませんね」

「北海道へ行かれたことは？」

と、十津川が、きいた。

「昔、一度だけ、行っていますよ。今もいったように、旅行は、あまり好きじゃありませんから」

と、原田は、繰り返した。

「ちょっと、トイレをお借りしたいんですが。どうも、食べ合わせが悪かったのか、下痢気味でしてね」

十津川は、照れ臭そうにいい、立ち上がった。彼がいない間、亀井が、もう一度、二十一日のアリバイについて、質問した。

「朝から、パチンコということですが、何処のパチンコ店ですか？」

亀井が、ねちっこくきくと、原田は、うんざりした顔になって、

「新宿にあるパチンコ店を、何店か、梯子《はしご》しました。先日も、そういったはずですよ」

「普通は、一店か、二店で、じっくりやるものだと

思いましてね」

「それは、その人の好き好きでしょう？　僕は、店を変えると、気分が変わって、よく出るんです」

「しかし、何店も変わると、お金がかかるでしょう？　前の店の玉は、使えないから」

「そのくらいの出費は、たいしたことありませんよ」

「なるほど。やはり、M製薬の御曹司《おんぞうし》ですねえ」

「よしてください。パチンコの金ぐらい、自分で出してますよ」

「しかし、このマンションの購入とか、スポーツ・カーは、お父さんが出されたんじゃありませんか？」

「まあ、援助は受けてはいますが、それが、事件と、どんな関係があるんですか？」

　原田が、怒ったような声でいった時、十津川が、戻って来た。

「カメさん。そろそろ、おいとましようじゃないか」

「もうですか？」

　と、亀井がきくと、十津川は、

「原田さんに、もう、おききすることは、ないようだからね」

　と、いった。

　マンションの外に出ると、亀井が、不満そうに、

「まだ、いくつか、彼に、ききたいことがあったんですがね」

「わかってるよ。だが、当人にきくより、周囲の聞き込みをやってほしい」

「どんなことですか？」

「トイレに行ったら、廊下に、本棚があってね。旅の本が、何冊も入っていたよ」

「旅行嫌いなんて、嘘なんだ」

「それに、われわれのいた部屋だがね。壁の上の方

に、ところどころ、色の変わった場所があった。長方形にね」

「何でしょうか?」

「最初は、絵が掛《か》かっていたのかと思ったんだが、あんなに何枚も、絵を掛けるというのは、日本人はやらないだろう。とすると、写真を引き伸ばしたパネルじゃないかと思うんだ。彼のマンションに遊びに行った友人か知人を見つけて、何が掛かっていたか、きいてみてくれ」

と、十津川は、いった。

捜査本部に戻ると、十津川は、三上刑事部長に、会いに行った。

「例の北海道の殺人事件ですが、新たに、一人、容疑者が、浮かんで来ました。すぐ、道警に連絡したいと思います」

と、十津川は、いい、原田利夫の名前と、彼の写真を、見せた。

予想通り、三上部長の顔色が変わった。

「この男は、本当に、怪しいのかね?」

と、三上は、十津川に、きいた。

8

三上部長に、北海道の事件のことで、圧力をかけたのは、恐らく、原田利夫の父親で、M製薬社長の周一郎だろう。

長男の明《あきら》は、現在、M製薬で、社長秘書をしているというから、将来は、社長になるに違いない。

次男で、売れもしないシナリオを書いている利夫は、父親から見れば、不肖《ふしょう》の息子なのだろうし、それだけに、心配でもあるに違いなかった。

金銭面の援助をし、M製薬がスポンサーになって、三時間ドラマのシナリオも書かせた。利夫が、戸上みどりと、関係が出来たのも、当然、知っていたはずである。

だから、彼女が、北海道で殺されたと聞いた時、父親の周一郎は、息子の利夫が怪しいと思ったのだ。彼女との仲が、まずくなっていることも、知っていたに違いない。

もし、利夫が犯人だったら、会社の信用にも影響してくる。シナリオライターとしては、無名でも、M製薬社長の息子としてのネームバリューがあるから、週刊誌などが、書き立てるだろう。

周一郎は、何とかしなければいけないと考え、知り合いの三上に、圧力をかけてきた。

三上は、まさか、十津川に、原田利夫のことは調べるなといえないので、

「慎重に頼むよ」

という、いい方をした。

「わかりました」

と、十津川は、うなずいたが、中止する気はなかった。戸上みどりの捜査は、道警の仕事だが、河西カメラマンについての殺人未遂事件の捜査は、警視庁の仕事だからである。

亀井たちが、面白い情報を持って、帰って来た。

「原田の友人に会って、話を聞きました。例の居間に、掛かっていたと思われるものですが、やはり、大きな写真のパネルです。三月十五日に、遊びに行った時も、五、六枚、掛かっていたといっています。何の写真か、わかりますか？」

亀井が、ニコニコ笑いながら、きく。

「北海道の風景写真か？」

「それに、列車の写真です。原田は、自分で撮って、自分で引き伸ばしたんだと、友人に自慢していたそうです」

「やっぱりね」

と、十津川は、満足そうにうなずいてから、

「もう一つ、調べてもらいたいことがある。殺され

た戸上みどりが、病院で堕ろした胎児の血液型だ。もし、あとで、ゆする気なら、ちゃんと、医者に聞いているはずだよ」

亀井は、西本刑事を連れて、すぐ、出かけて行ったが、電話で、連絡してきた。

「警部のいわれた通り、戸上みどりは、四カ月前子供を堕ろした時、医者に、胎児の血液型を、確認しておいてほしいと、特に、頼んだそうです。医者は、それを、母親としての愛情の表われと、思ったそうです」

「それで、胎児の血液型は？」

「B型です。医者の話ですと、胎児は、母親と繋がっているので、血液型は、あとで、変わることもあるそうですが、戸上みどりの子供の場合は、間違いないそうです」

「それで、父親の血液型は、どうなるんだ？」

「母親であるみどりの血液型を考えますと、父親は、胎児と同じB型になる可能性が高いと、医者は、いっています」

「原田利夫の血液型は、わかるかね？」

「調べて来ます」

と、亀井は、いった。

二人は、二時間ほどで、帰って来た。

「結論からいいますと、原田は、B型ですので、問題の胎児の父親である可能性が高いことになります」

と、亀井は、十津川に報告した。

「原田は、三年前に、胃の手術をしていまして、その時、輸血をしなければならない場合を考えて、血液型を調べています。間違いなく、B型です」

これは、西本が、説明した。

「あとは、戸上みどりが、それをネタに、原田利夫をゆすっていた証拠がほしいね」

と、十津川は、いった。

「戸上みどりの預金通帳は、調べましたね?」

「ああ。だが、特に、高額の振り込みはなかったんだ」

「すると、彼女は、現金で貰っていたということになりますか?」

と、亀井が、きく。

「そのほうが、証拠が残らないと思ったのかもしれないね」

「その金は、どうしたんでしょうか?」

「金遣いが荒かったから、すでに、使ってしまったか、或いは、銀行の貸金庫に、入れてあるかもしれないね」

「彼女の通帳は、B銀行のものでした。それから考えて、貸金庫も、B銀行と思います」

「行ってみよう」

と、十津川は、いった。

「彼女を殺した犯人が、貸金庫のキーを奪い、それを使って、開けてしまっているんじゃないでしょうか? キーと、印鑑があれば、開けられるんじゃありませんか」

「もし、開けていても、銀行の係が、その人間を、覚えてくれているよ。貸金庫を開ける時は、行員の誰かが、貸金庫室に入る人間を、必ず見ているはずだからね」

と、十津川は、いった。

B銀行に行ってみると、やはり、戸上みどりは、ここに、貸金庫を持っていたし、三月二十一日以後、開けられていないということだった。犯人も、顔を覚えられるのが嫌で、来ることができなかったのだろう。

十津川と、亀井は、地下にある金庫室で、戸上みどりの貸金庫を、開けてもらった。ケースを取り出し、ふたを開けてみる。

三千万円の札束《さつたば》が、まず、眼に入った。小さな宝石ケースに入ったダイヤや、エメラルドの指輪、それに、封筒。封筒の中身は、堕ろした胎児の血液型を書いた医者のカルテだった。

「この三千万円は、原田利夫が、払ったんでしょうか？」

と、亀井が、きく。

「いや、払ったのは、たぶん、原田の父親で、M製薬社長の原田周一郎だよ」

と、十津川は、いった。

「なぜ、そう思われるんですか？」

「第一は、原田が、急に、こんなまとまった金を、自分で、用立てられるとは思えないからね。第二は、戸上みどりの死体が見つかり、それも殺されたとわかってすぐ、原田周一郎は、うちの刑事部長に、息子の原田利夫が、容疑者となっているかどうか、内密に教えてくれるように頼んだ形跡《けいせき》があるからだよ。つまり、息子の利夫が、殺す動機を持っているのを、知っていたということさ。おそらく三千万円を要求された利夫が、父親に、泣きついたんだろう。だから、父親は、知っていたのさ」

「この医者のカルテは、戸上みどりにとって、打出《うちで》の小槌《こづち》だったわけですね？」

「原田家が、身内のスキャンダルを恐れている限りはね」

「しかし、警部。胎児の血液型だけでは、原田利夫をゆすることは、できなかったんじゃないでしょうか？　B型の血液型で、戸上みどりの周囲にいた男性は、何人もいると思いますから」

「確かに、そうだな。だから、このカルテと、他にもう一つ、何かがあって、その一つを使えば、いくらでも、原田利夫をゆすれたんだと思うね」

と、十津川は、いった。

「しかし、この貸金庫には、それらしいものは、何も入っていませんが」

「いや、ちょっと待ってくれ」

と、十津川は、宝石箱を、手に取って、

「うちの奥さんの宝石箱は、二重底になっていてね。そこに、大事なものを納《しま》っているんだ」

「どんなものですか？」

「私の書いた誓約書さ」

「警部は、そんなものを書かれたんですか？」

「ああ、結婚する時にね」

と、十津川は、苦笑しながら、宝石をどけて、底を調べていたが、

「やっぱり、二重底になっている」

と、いった。

二重底に入っていたのは、マイクロテープだった。

十津川は、満足げに笑った。

「どうやら、これが、打出の小槌らしいね」

9

そのマイクロテープを持ち帰り、十津川は再生してみた。

どうやら、電話を録音したものらしく、音は悪いが、会話は、はっきりわかるし、女は、戸上みどり、男は、原田利夫だった。最初に、彼女が、「原田さん」と、呼びかけているからである。

「原田さん、どうしても、あなたの子供を生みたいのよ」

――駄目だよ。僕には、君と結婚して、子供を育てていく自信はないんだ。この間いったように、堕ろしてくれ。おやじの知り合いに、口のかたい産婦人科医がいるから、そこへ行ってくれよ。頼むよ。

「お父さんて、M製薬の社長さんね？」

――ああ、君が、まとまった金が欲しければおやじが出すといっている。

「お父さんも、お腹の子供のことを、知ってるのね？」

――ああ、僕が、話したからね。


こんな会話が、延々と続くのだ。戸上みどりは、あとで利用する気で、この電話を、録音したに違いなかった。だから、わざと、原田さんと、いったり、会話の中で、M製薬社長という言葉を入れているのだろう。

「このテープも、医者のカルテも、何回でもコピーできますね」

と、亀井が、いった。

「そうだよ。文字通り、打出の小槌で、何回でも、ゆすれるんだ」

「しかし、貸金庫に入っていたのは、三千万だけでしたね」

「それでも、大金だよ」

「ええ。しかし、原田家の個人資産は、二百億円以上と、聞いていますし、戸上みどりは、当然、それを知っていたと、思います」

「三千万、四千万ではなく、もっと、まとまったものが、欲しくなったのかもしれないな」

と、十津川が、いう。

「原田家の財産ですか？」

「ああ。そうだ。原田利夫は、次男だが、父親が死ねば、遺産が、入ってくる」

「そうですね。子供は二人だけですから、母親が、遺産の半分の百億、残りの百億を子供二人で分けるとして、五十億です」

「五十億の財産家の夫人というのは、悪くない。戸上みどりは、そう考えたんじゃないかな。そして、それが、彼女の命取りになったのかもしれないな」

と、十津川は、いった。

「これで、動機は、充分ですが、原田利夫が、犯人だと証明するのは、難しいんじゃありませんか。一番難しいのは、三月二十一日に、原田が、現場である山軽の廃駅に、行ったことの証明です。雪に埋もれた廃駅に、わざわざ行く人はいないでしょうから、目撃者は、なかなか、見つかりませんよ」

と、亀井は、いった。

「それに、殺したあと、雪が降っているからね。足跡も、消されてしまっている」

「そうです」

「ただ、カメラマンの河西が、襲われたことがある」

と、十津川は、いった。

「警部は、やはり、原田が、犯人と思われますか?」

「思うね」

「しかし、襲った理由は、何でしょう?」

「河西が撮った写真が、理由じゃない。彼が山軽の廃駅へ行ったのは、殺人の翌日だからね」

「ええ」

「道警は、戸上みどりの死体を掘り起こし、ハンドバッグ、カメラ、ショルダーバッグなどを見つけた。だが、その中に、原田利夫の恐れるものは入ってなかったと思う。もし、入っていたなら、原田が、河西を襲っても、仕方がないんだからね」

「すると、河西が、現場で、何か見つけたということですね。少なくとも、原田は、河西が見つけた、と思ったということになりますね」

「問題は、河西が、何を見つけたかだね」

と、十津川は、いい、電話を取りあげ、河西の入院している病院に、かけてみた。彼の意識が回復していれば、現場で、何があったか、ききたかったからである。もし、何か拾っていれば、それを見せてもらいたい。

しかし、受話器を持った十津川の顔色が、変わってしまった。

「すぐ行きます」

と、いって、電話を切ると、十津川は、亀井に、

「河西が、死んだよ」

「本当ですか？　生命《いのち》に別条はないと、いっていたはずですが」

亀井も、青ざめた顔になった。

「それなんだが、また、頭の中で、内出血があって、それが、命取りになったらしい」

と、十津川は、いった。

二人は、パトカーを飛ばして、病院に走った。

十津川が、証言を期待した河西は、白い布をかけられて、霊安室に横たえられていた。もう、何も、証言してはくれない。

「犯人は、このことを知ったら、さぞかし、ほっとするでしょうね」

と、亀井が、口惜《くや》しそうに、いった。

河西が、語ってくれなければ、他の方法で、必要なことを、知らなければならない。

十津川は、医者と、看護婦に、

「河西さんが、何かいい残したことはありませんか？」

と、きいてみた。

しかし、意識が戻らないままに、河西は、亡くなってしまったという。

あとは、遺品を調べるより他に、方法はない。

十津川と、亀井は、病院がとっておいてくれた河西の所持品を、見せてもらった。彼の背広のポケットに入っていたものが、ほとんどである。

財布、キーホルダー、ボールペン、運転免許証、名刺、腕時計、テレホンカード、手帳といったものである。

財布の中には、現金四万二千円と、ＣＤカードが、入っていた。

手帳に、何か書いてあればと思い、十津川は、一ページずつ、丁寧《ていねい》に見ていったが、そっけない予定表が、書き込まれてあるだけで、今度の事件の参考になるようなことは、何一つ、記入がなかった。

名刺の中に、原田利夫のものでもあればと思ったのだが、名刺は、十二枚とも、本人のものだった。

「ありませんね」

と、亀井は、がっかりした顔で、十津川を見て、

「犯人は、河西を襲い、彼のマンションの部屋を、家捜ししたはずです。その時、自分に不利なものを、見つけてしまったんでしょうか？」

と、きいた。

「それなら、われわれは、お手上げだがね」

「もう一度、彼のマンションを、探してみませんか」

と、亀井が、いった。

二人は、パトカーを、病院から、明大前の河西のマンションに向けた。

二人が着いた時、マンションから嫌な匂いがしていた。消防車が、六台とまっている。

十津川が、パトカーから降りて、マンションを見上げると、三階の部屋が、焼け焦《こ》げているのが、わかった。

「306号室が、焼けました」

と、ロープを張って、野次馬《やじうま》の整理に当たっていた警官が、十津川に、いった。

「306号室には、今は、誰もいないはずだぞ」

「だから、不審火だと思われます」

と、警官が、いう。

十津川と、亀井は、階段を三階まで駆け上がった。三階の廊下は、放水で、水浸《みずびた》しになっている。焼けた匂いが、鼻を打つ。消防署の係員が、出て来

て、

「灯油を撒《ま》いて、火をつけていますね。明らかに、放火です。部屋は、完全に、焼けてしまっています」

と、十津川に、教えてくれた。

「原田ですか？」

亀井は、小声で、きいた。

「他には、考えられないよ」

「しかし、なぜ、放火なんかしたんでしょうか？」

「原田は、どうしても、何かを見つけたかったんだよ。だが、見つからなかった。見つかっていれば、放火なんかする必要はないからね。それで、とにかく、燃やしてしまえということで、灯油を撒いて、火をつけたんだと思うよ」

「もしそれが、部屋にあっても、燃えるか、熱で溶けてしまっていますね」

「完全に、息の根を止められたということかね」

と、十津川は、いった。

それでも、二人は、諦《あきら》め切れなくて、特別に、焼けた部屋を見せてもらった。

消防隊員の案内で、足を踏み入れる。なるほど、灯油の匂いがする。

（すごいな）

と、十津川は、思った。

何もかも、焼けてしまっているのだ。机も、椅子も、タンスも、完全に、原形をとどめていない。三つあったカメラも、溶けて、不様《ぶざま》なかたまりになっている。多量の灯油を、ばら撒いたに違いない。

「問題の品物は、手紙とか、写真といったものじゃないな」

と、十津川は、いった。

「そうですね。そういう燃えやすいものなら、こんなに、灯油を撒いて、徹底的に燃やす必要はないでしょうから」

と、亀井も、いった。

「とすると、燃えにくいものだね。金属とか、ガラスといったね。そうしたものを、溶かしてしまおうと思ったんだろう」

二人は、焼けただれた306号室を出た。

「西本刑事たちを呼んで、聞き込みをやってくれ。原田が、灯油缶を持って、うろうろしているのを、見た人間がいるかもしれないからね」

と、十津川は、亀井に頼んだ。

10

聞き込みは、不発に終わった。

今日の夜明け近くに、マンションの傍で、挙動不審の男を見たという人間は、見つかったが、それが、原田利夫だと断定することは、できなかったからである。

翌日の午後、河西の妹の京子《きようこ》が、十津川に挨拶《あいさつ》に現われた。

河西の遺体を、郷里の水戸《みと》に運んで、そこで、葬儀をするという。

「東京に、兄のお友だちがいるので、東京でと思ったんですけれど、場所がありません。マンションの部屋は、焼けてしまいましたし、知っているお寺もありませんので」

と、京子は、いった。

十津川が、うなずくと、京子は、続けて、

「それで、兄の所持品も、持ち帰って構いませんか？　棺《ひつぎ》の中に入れてあげたいので」

「構いませんよ。一応、調べましたから」

「病院には、兄の背広などもありましたけど、それも、兄の形見ですので」

「どうぞ。もともと、お兄さんのものです」

と、十津川は、いった。

大学三年だという河西京子が、帰ってしまうと、十津川は、小さな溜息をついた。

北海道で、戸上みどりを殺したのも、河西を死に到《いた》らしめたのも、彼の部屋に放火したのも、原田利夫だと、十津川は、確信している。

しかし、確信だけでは、逮捕することはできない。

その上、原田の背後には、製薬会社の社長で、政界にも力を持っている父親の周一郎がいるのだ。

三上部長は、それだけに、慎重の上にも、慎重にと、ブレーキをかけている。

(壁にぶつかったな)

と、十津川は、思った。

亀井が、そんな十津川を心配して、コーヒーをいれて、

「元気を出してください」

と、声をかけた。

「出したいんだがねえ」

「原田利夫が、犯人であることは、間違いありませんよ」

「わかってるさ」

「それなら、徹底的に、奴を尾行したらどうでしょう。二十四時間、監視し、尾行したら、いらだって、ボロを出すんじゃありませんか?」

と、亀井が、いった。

「圧力をかけるのか?」

「そうです。前にも、成功したことがありましたよ。わざと、尾行していることを、見せつけて」

「ああ、覚えてるよ。だが、今回は、その手は、使えないな。原田の父親が、うちの上のほうに圧力をかけてくるに決まっているからだ。原田が犯人という証拠はないんだから、抗議されれば、やめざるを得ない」

「そうですか」

「もともと、三上部長は、原田犯人説に反対だからね」

と、十津川は、いった。

「では、何をしますか？　何ができますか？」

と、亀井が、きく。

「時間がかかっても、地道な聞き込みをやるより仕方がないね」

十津川は、肩をすくめるようにして、いった。

改めて、原田利夫の周辺の聞き込みが、始められた。

道警でも、現場である廃駅周辺での聞き込みが、再開された。

だが、一日、二日しても、収穫はなかった。もともと、聞き込みは、すでに行なわれていたのだから、新しい発見がなくても、仕方がなかった。

その上、原田家の顧問弁護士が、警察は、無実の原田利夫を、犯人扱いするのかと、抗議してきた。

三上部長は、すっかり弱気になってしまって、十津川たちに原田利夫の捜査を中止するように、いった。

「しかし、原田以外に、犯人は、あり得ません」

と、十津川は、いった。

「だが、証拠もなく、逮捕もできんのだろう？」

「今は、残念ながら、そうです」

「北海道で、事件が起きてから、もう、何日になるんだ？」

「河西が襲われてから、まだ、数日しか経《た》っていません。亡くなってからは、まだ、四日です」

「今までやって、証拠が見つからんのなら、これ以上、捜査を続けても無駄じゃないのかね。捜査は、やめるんだ」

三上が、繰り返していった。

「一日だけ、考えさせてください」

と、十津川は、いって、引き退《さ》がったが、このまま、捜査を中止する気はなかった。そんなことをしたら、完全な警察の敗北に終わってしまうからだ。第一、殺人犯人を、このまま、野放しにはできない。

だが、今日じゅうに、奇蹟的に、原田が犯人という証拠は、見つかりそうもなかった。

考え込んでいると、

「警部。警部宛に、書留速達が、届いています」

と、日下《くさか》刑事が、封筒を差し出した。

書留速達の赤いゴム印が押され、表には、「十津川警部様」と、書かれていた。

裏を返すと、差出人は「河西京子」になっていた。住所は、水戸市内である。

十津川は、河西の妹の顔を思い出した。もう、河西の遺体は、茶毘《だび》に付され、遺骨は、墓地におさめられているだろう。

十津川は、そんなことを考えながら、封を切った。

便箋《びんせん》の他に、小さな布の包みが入っている。

十津川は、まず、手紙に、眼を通すことにした。

〈先日は、いろいろと、ありがとうございました。おかげさまで、郷里で、葬儀を行なうことができました。兄の霊も、これで、少しは、安らかになったと思います。

棺には、兄の所持品を入れました。あの時、病院から持ち帰った背広、靴、ワイシャツ、ネクタイなどもですが、ワイシャツについていたカフスボタンを見て、首を傾《かし》げてしまいました。片方は、兄らしい地味な安物でしたが、もう片方は、プラチナに、ダイヤが埋め込まれた高価なもので、兄が使うようなものではないからです。それに、このカフスボタンは、下り藤の家紋をデザインしたもので、これも、河西家のものではありません。わが家の家紋は、鷹《たか》ノ羽《は》のぶっ違いですので。

これは、何かあるのではないかと思い、警部さんに、お送り致します。

河西京子
十津川警部様〉

十津川は、小さな布の包みを開けてみた。手紙にあったようなカフスボタンが、転《ころ》がり出た。

手に取ってみる。プラチナの輝やきがある。精巧な彫《ほ》りで、下り藤の家紋が、作られている。注文で作ったとすれば、二つ一組で、何万、いや、何十万もするのではないか。

「カメさん！」

と、十津川は、急に、大声で呼んで、

「例の原田家の家紋を調べてくれないか。大至急だ」

「家紋ですか？」

「そうだよ。二引《ふたつひ》きとか、巴《ともえ》とかいった家紋だ」

と、十津川は、いった。

亀井は、電話をかけまくっていたが、それがすむと、

「原田家の家紋は、下り藤だそうです」

「やっぱり、そうか」

「家紋が、どうかしたんですか？」

「これを、読んでみたまえ」

といって、十津川は、書留速達を、亀井に渡した。

亀井は、手紙を読み、それから、プラチナのカフスボタンに、眼をやった。

「なるほど。河西カメラマンが、北海道の現場で拾い、原田が、必死になって、取り戻そうとしていたものですね？」

「家紋まで入れた特製品だからね。恐らく、廃駅

で、戸上みどりを殺した時、ワイシャツの袖から、落ちてしまったんだろう。そのあと、大雪が降って、死体もろとも、隠してしまった。原田は、殺人現場に落としたことに、気づいていたに、違いないんだ。探しに行こうと思っていたんだろうが、その前に、カメラマンの河西が、廃駅の写真を撮りに行ってしまった。警察が、現場検証で、見つけていないのだから、河西が、持っている可能性がある、と考えたんだろう」

「拾った河西が、家の中に隠していたら、今頃、原田の手に取り返されてしまっていたでしょうね」

「河西は、たぶん、カフスボタンが気になって、肌身離さずに、自分のワイシャツに、つけていたんだ」

と、十津川は、微笑した。

「彼は、なぜ、これを、道警に届けなかったんですかね?」

「これは、想像だがね。道警は、河西の撮った写真を、全部、提出させている。道警としては、捜査に役立てたいと思ってのことなんだろうが、河西は、容疑者扱いされたと、腹を立てたんじゃないかね」

「なるほど」

「このくらい高価で、手の込んだものなら、特別に作らせたに決まっている。聞き込みをやって、原田利夫が注文主かどうか、確認してもらいたい」

と、十津川は、いった。

この聞き込みに、時間はかからなかった。問題のカフスボタンを作る段階で、原田は、別に、自分の名前を隠していなかったからである。

銀座《ぎんざ》の有名な貴金属店「K」で、去年の十月、原田が、このカフスボタンを作らせていることがわかった。依頼するとき、原田は、自分でデザインを描き、いくらかかってもいいと、いったという。

十津川は、その店の店員の証言と、カフスボタンを持って、捜査本部長に、会うことにした。

あとは、詰めだけである。三上部長は、渋い顔をするだろうが、これで、事件は解決だなと、十津川は、思っていた。

（本作品はフィクションであり、実在の個人・団体などとは一切関係がありません）

解説　キーワードは「北」と「列車」

小椰《おなぎ》治宣《はるのぶ》（文芸評論家）

列車の旅といえば、北へ向かうイメージが強い。「北帰行」という言葉を耳にしただけで、郷愁を呼び覚まされる人も少なくないのではなかろうか。十津川《とつがわ》警部シリーズも橋本《はしもと》元刑事を主人公とした叙情味あふれる『北帰行殺人事件』を筆頭に北へ向かう列車や北の大地を舞台にした作品は数多い。

本書も、「北」と「列車」（主として長距離列車）をキーワードに選んだ四つの短編で構成されている。それぞれが独立した単独の作品ではあるけれども、寝台特急と路線という点でみると密接に関連していることに気付かれるはずである。

「禁じられた『北斗星5号』」と「カシオペアスイートの客」は、どちらも上野《うえの》・札幌《さっぽろ》間を走る寝台特急が舞台となる。「北斗星」は、日本初の豪華寝台特急として一九八八年三月に運転が開始された。臨時増発便は「エルム」という名称で呼ばれている。一方、「カシオペア」は、日本初のオールA寝台個室特急として一九九九年七月にデビューした。本書に収められたそれぞれの作品で、二つの寝台特急の微妙な違いを味わうのも一興であろう。

他の二編は、天北《てんぽく》線が舞台となる。この路線は、北海道中川《なかがわ》郡音威子府《おといねっぷ》村の音威子府駅で宗谷《そうや》本線から分岐し、枝幸《えさし》郡浜頓別《はまとんべつ》町等を経て稚内《わっかない》市の南稚内駅で再び宗谷本線に接続する。路線総延長は一四八・九キロである。「天北線」という名称は、敷設地域の旧国名、「天塩《てしお》国」と「北《きた》見《み》国」から採られたということだ。一九八九年に、天北線は廃止されている。

「最果てのブルートレイン」は、天北線が廃止される以前に走っていた急行「天北」が、「北の廃駅で死んだ女」は廃止後の廃駅が舞台である。二つの作品の時間的ずれが、読者をタイムトリップ的気分に浸《ひた》らせてもくれる。西村京太郎作品の、そうした隠れた楽しみ方も本書を通じて知ることができるはずである。西村京太郎作品は、鉄道マニアの読者にとっては一種のタイムマシンの役割を果たしてくれてもいるのである。

では、それぞれの作品について、みていくことにしよう。

まず、「カシオペアスイートの客」だが、この作品は『小説ＮＯＮ』の二〇一一年二月号に発表されたばかりの、最新作である。警視庁捜査一課を定年退職後、内山清志《うちやまきよし》は、長年苦労をかけてきた妻貴子《たかこ》と旅行する計画を以前から立てていた。そこで、北海道の札幌に住む妻の姉夫婦のもとを「カシオペア」で訪ねることにした。最上級の個室で人気もある「カシオペアスイート展望室タイプ」の切符はどうしても手に入らず、その下のランクの「カシオペアスイート　メゾネットタイプ」になったが、それでも妻は十分満足していた。

ダイニング・カーで親しくなった青年が、展望室タイプの乗客と知った内山は、その室内を見せてほしいと頼み、その願いは快《こころよ》く受け入れられた。青年は、出版社の人間で取材のために一人でこの部屋に入っているのだという。内山は、その青年を以前どこかで見たような気がするのだが思い出せない。

翌朝、終点の札幌に着いたそのとき、車内で死体が発見された。例の展望室タイプの個室で若い女性が殺されていたのだ。だが、個室の乗客だったはずの青年の姿は、どこにもなかった。女の身元も不明である。

内山が気にかかるのは、例の青年をどこかで見たような気がするという点であった。捜査に協力することになった内山は、古巣の警視庁捜査一課の十津川のもとに第一報を入れ、青年の似顔絵も送った。すると、捜査一課で、ただ一人、亀井《かめい》だけがその青年に見覚えがあるというのだ。それは、内山が関係した最後の事件——巨額の資産をもつ会社社長の殺人事件の捜査の中でのことであった。それが今回の事件とどう絡むのか。二つの事件の接点は……。

「禁じられた『北斗星5号』」は、先にもふれたように「カシオペア……」と対《つい》をなすような一編である。十津川に妻の直子《なおこ》が、明日、寝台特急「北斗星5号」に乗って旅行に行きたいといきなり言い出した。友人の娘が、二十二歳の十月十日の夜明けに死ぬと信じ込んでいるので、それを防ぐために北斗星に乗せて、十月十日の夜を列車の中で缶詰状態にしてすごさせようというのだ。その場に、直子にも一緒にいてほしいと友人に頼まれたのだった。だが、いったいその娘は、その日になぜ死ぬと思い込んでいるのだろうか。「北斗星」に乗ってから友人である母親に直接訊《き》いてみたが彼女にも分らないという。

一方、十津川も直子の話を元に調べ始め、二十二歳の十月十日の謎を解明した。それを列車内の直子にFAXで伝えたのだが……。

直子は、『夜間飛行殺人事件』や『豪華特急トワイライト殺人事件』といった長編の他にも短編作品によく登場する。いわば十津川ファミリーの一翼を担《にな》う重要なキャラクターの一人といえる。本作は、十津川と直子の犯人をめぐっての掛け合いが小気味よい。シリーズ中でもユニークな一編といえる。最後の最後に想定外の物証が見つかるあたりは、短編の切れ味を楽しませてくれる。

「最果てのブルートレイン」は、天北線を走る急行「天北」で事件が起こる。妻を交通事故で亡《な》くした矢代《やしろ》は、思い出を辿《たど》ってこの列車で札幌から稚内に向かっていた。旭川《あさひかわ》を過ぎたあたりで、隣の席に若い女が腰を下ろし、「助けてください」と言うと、逃げるように隣の車両の方へ行ってしまった。矢代は気になって女を捜《さが》してみたが、途中のデッキで男に邪魔をされてしまう。その後、女の姿を車内で見つけることはできなかった。

一方、東京では十津川たちが、交通事故に見せかけた殺人未遂事件を捜査していた。被害者は、二十一歳の大学生だったが、昨年一人の女性を車ではねて死亡させていた。その女性の夫が復讐したのではないかと考えた十津川は、夫のあとを追って北海道へ飛んだ。

その北海道では急行「天北」車内で殺人事件が起きていた。その被害者は、矢代に助けを求めた女だったのだが、女の死体は上りの列車内で発見されている。矢代の乗っていたのは下りの「天北」だったのだが……。

「北の廃駅で死んだ女」の舞台は、廃止された天北線の駅の一つ、山軽《やまがる》のホームにある小さな待合室である。割れた窓ガラスから吹き込んだ雪が分厚く積っている、その中から若い女性の他殺体が発見されたのだ。身元を示すものはすべて剝《は》ぎ取られ、カメラからはフィルムが抜き取られていた。

死体の発見者であったカメラマンの河西《かわにし》は、刑事たちが立ち去ったあと、待合室の写真を撮《と》っているとき、下《さが》り藤《ふじ》の家紋をデザインした凝《こ》った造りのカフスボタンを見つけた。だが河西はそれを刑事に届けることはしなかった。

被害者の身元が東京のモデルと判明したため、道警の要請を受けて交友関係を調べていた十津川たちは、二人の男を絞り出した。だが、十津川は、表に現われないもう一人の人物Xが存在するのではないかと推理する。

一方、東京では死体発見者のカメラマンが何者かに襲われる事件が起きた。二つの事件はどう結び付くのか。真犯人Xの存在が徐々にはっきりとしてきて、事件の実態がみえたのだが、決め手となる物証がない……。

余談だが、本作の中に十津川が結婚した時に書いた誓約書を妻の直子が、宝石箱の二重底に納《しま》っているという一節がある。十津川がどんな誓約書を書いたのかを想像するのも一興かもしれない。そんなところにも十津川警部シリーズの魅力が隠されているのである。

書誌ガイド

本書の掲載作品は以下の書籍に収録されています。本書とあわせてお楽しみください。

カシオペアスイートの客
初出＝「小説ＮＯＮ」二〇一一年二月号

禁じられた「北斗星《ほくとせい》5号」
初出＝「小説宝石」一九八九年十一月号
収録書籍＝『十津川警部の怒り』講談社文庫

最果《さいは》てのブルートレイン
初出＝「別冊小説宝石」初冬特別号 一九八五年
収録書籍＝『最果てのブルートレイン』光文社文庫・『北海道殺人ガイド』（双葉社文庫）

北の廃駅で死んだ女
初出＝「小説現代」一九九一年五月号
収録書籍＝『十津川警部C11を追う』（講談社文庫）

西村京太郎ファンクラブのお知らせ

会員特典（年会費2200円）

◆オリジナル会員証の発行
◆西村京太郎記念館の入場料半額
◆年2回の会報誌の発行（4月・10月発行、情報満載です）
◆抽選・各種イベントへの参加（先生との楽しい企画考案中です）
◆新刊・記念館展示物変更等のハガキでのお知らせ（不定期）
◆他、追加予定!!

入会のご案内

■郵便局に備え付けの郵便振替払込金受領証にて、記入方法を参考にして年会費2200円を振込んで下さい　■受領証は保管して下さい　■会員の登録には振込みから約1ヶ月ほどかかります　■特典等の発送は会員登録完了後になります

［記入方法］ **1枚目**は下記のとおりに口座番号、金額、加入者名を記入し、そして、払込人住所氏名欄に、ご自分の住所・氏名・電話番号を記入して下さい

郵便振替払込金受領証　窓口払込専用

00																					
口座番号							百	十	万	千	百	十	番	金額	千	百	十	万	千	百	十	円
0	0	2	3	0	-	8	-			1	7	3	4	3						2	2	0	0
加入者名	西村京太郎事務局													料金	（消費税込み）			特殊取扱				

2枚目は払込取扱票の通信欄に下記のように記入して下さい

通信欄	
	（1）氏名（フリガナ）
	（2）郵便番号（7ケタ）※必ず7桁でご記入下さい
	（3）住所（フリガナ）※必ず都道府県名からご記入下さい
	（4）生年月日（19××年××月××日）
	（5）年齢　（6）性別　（7）電話番号

※なお、申し込みは、郵便振替払込金受領証のみとします。
メール・電話での受付は一切致しません。

■お問い合わせ（西村京太郎記念館事務局）
TEL 0465-63-1599

十津川警部捜査行　カシオペアスイートの客

ノン・ノベル百字書評

キリトリ線

なぜ本書をお買いになりましたか（新聞、雑誌名を記入するか、あるいは○をつけてください）

- □（　　　　　　　　　　　　）の広告を見て
- □（　　　　　　　　　　　　）の書評を見て
- □ 知人のすすめで
- □ タイトルに惹かれて
- □ カバーがよかったから
- □ 内容が面白そうだから
- □ 好きな作家だから
- □ 好きな分野の本だから

いつもどんな本を好んで読まれますか（あてはまるものに○をつけてください）

●**小説**　推理　伝奇　アクション　官能　冒険　ユーモア　時代・歴史　恋愛　ホラー　その他（具体的に　　　　　　　　）

●**小説以外**　エッセイ　手記　実用書　評伝　ビジネス書　歴史読物　ルポ　その他（具体的に　　　　　　　　）

その他この本についてご意見がありましたらお書きください

最近、印象に残った本をお書きください		ノン・ノベルで読みたい作家をお書きください	

1カ月に何冊本を読みますか	冊	1カ月に本代をいくら使いますか	円	よく読む雑誌は何ですか	

住所					
氏名		職業		年齢	

あなたにお願い

この本をお読みになって、どんな感想をお持ちでしょうか。

この「百字書評」とアンケートを私までいただけたらありがたく存じます。個人名を識別できない形で処理したうえで、今後の企画の参考にさせていただくほか、作者に提供することがあります。

あなたの「百字書評」は新聞・雑誌などを通じて紹介させていただくことがあります。その場合はお礼として、特製図書カードを差しあげます。

前ページの原稿用紙（コピーしたものでも構いません）に書評をお書きのうえ、このページを切り取り、左記へお送りください。祥伝社ホームページからも書き込めます。

〒一〇一―八七〇一
東京都千代田区神田神保町三―三
祥伝社
NON NOVEL編集長　保坂智宏
☎〇三（三二六五）二〇八〇
http://www.shodensha.co.jp/

NON NOVEL

「ノン・ノベル」創刊にあたって

「ノン・ブック」が生まれてから二年一カ月、ここに姉妹シリーズ「ノン・ノベル」を世に問います。

「ノン・ブック」は既成の価値に〝否定《ノン》〟を発し、人間の明日をささえる新しい喜びを模索するノンフィクションのシリーズです。

「ノン・ノベル」もまた、小説《フィクション》を通して、新しい価値を探っていきたい。小説の〝おもしろさ〟とは、世の動きにつれてつねに変化し、新しく発見されてゆくものだと思います。

わが「ノン・ノベル」は、この新しい〝おもしろさ〟発見の営みに全力を傾けます。ぜひ、あなたのご感想、ご批判をお寄せください。

昭和四十八年一月十五日

NON・NOVEL編集部

NON・NOVEL—887

トラベル・ミステリー　十津川《とつがわ》警部《けいぶ》捜査行《そうさこう》　カシオペアスイートの客《きゃく》

平成23年6月10日　初版第1刷発行

著　者　西《にし》村《むら》京《きょう》太《た》郎《ろう》

発行者　竹内和芳

発行所　祥《しょう》伝《でん》社《しゃ》

〒101—8701

東京都千代田区神田神保町 3-3

☎03(3265)2081(販売部)

☎03(3265)2080(編集部)

☎03(3265)3622(業務部)

印　刷　堀内印刷

製　本　関川製本

ISBN978-4-396-20887-5　C0293

Printed in Japan

祥伝社のホームページ・http://www.shodensha.co.jp/

NON NOVEL

長編ハイパー伝奇　呪禁官《じゅきんかん》〈二巻刊行中〉　牧野 修
長編新伝奇小説　ソウルドロップの幽体研究　上遠野《かどの》浩平
長編新伝奇小説　メモリアノイズの流転現象　上遠野浩平
長編新伝奇小説　メイズプリズンの迷宮回帰　上遠野浩平
長編新伝奇小説　トポロシャドゥの喪失証明　上遠野浩平
長編伝奇小説　クリプトマスクの擬死工作　上遠野浩平
猫子爵冒険譚シリーズ　血文字GJ《ジー・ジェイ》〈二巻刊行中〉　赤城《あかぎ》 毅《つよし》
長編新伝奇小説　魔大陸の鷹 完全版　赤城 毅

魔大陸の鷹シリーズ　熱沙奇巌城《ねっさきがんじょう》〈全三巻〉　赤城 毅
長編冒険スリラー　オフィス・ファントム〈全三巻〉　赤城 毅
長編新伝奇小説　有翼騎士団 完全版　赤城 毅
長編時代伝奇小説　真田三妖伝《さなださんようでん》〈全三巻〉　朝松 健
長編エンターテインメント　麦酒《ビール》アンタッチャブル　山之口洋《やまのぐちよう》
長編本格推理　羊の秘《ひ》　霞《かすみ》 流一《りゅういち》
長編ミステリー　警官倶楽部　大倉崇裕
天才・龍之介がゆく！シリーズ〈十二巻刊行中〉　殺意は砂糖の右側に　柄刀《つかとう》 一《はじめ》

本格推理コレクション　しらみつぶしの時計　法月綸太郎
長編極道小説　女喰《ぐ》い〈十八巻刊行中〉　広山義慶
長編求道小説　破戒坊《はかいぼう》　広山義慶
長編求道小説　悶絶禅師《もんぜつぜんじ》　広山義慶
長編悪党サラリーマン小説　裏社員〈凌虐《りょうぎゃく》〉　南 英男
長編クライム・サスペンス　嵌《は》められた街　南 英男
長編クライム・サスペンス　理不尽《りふじん》　南 英男
長編ハード・ピカレスク　毒蜜 裏始末　南 英男

ハード・ピカレスク小説　毒蜜 柔肌《やわはだ》の罠　南 英男
エロティック・サスペンス　たそがれ不倫探偵物語　小川竜生
情愛小説　大人の性徴期　神崎京介
長編超級《メガ》サスペンス　ゼウス ZEUS 人類最悪の敵　大石英司
長編ハード・バイオレンス　跡目《あとめ》 伝説の男・九州極道戦争　大下英治
長編冒険ファンタジー　少女大陸 太陽の刃《やいば》、海の夢　柴田よしき
ホラー・アンソロジー　紅《あか》と蒼《あお》の恐怖　菊地秀行他
推理アンソロジー　まほろ市の殺人　有栖川有栖他